羅承鎬 竹山 詩集

雲帶村家 운대촌가


蘆葦途邊澤畔林 로위도변택반림
길가 갈대 못가 숲이네

松風日暮鬧蛙音 송풍일모뇨와음
저녁 부는바람 개구리 울음 시끄럽고

靑峰繞帶視雲黑 청봉요대시운흑
봉우리 두른 먹구름 보이네

菜圃今還夕照禽 채포금환석조금
해질녘 밭에 지금 돌아온 새 떼

成均館儒學大學院 同門會長
咸谷 최형철

당신은 참 좋은 사람입니다

成均館儒學大學院 同門
강종석

4

성균관대학교 유학대학원 동양문화 고급과정 유교경전학 수강 과정에서 맺어진 학우이자 의제인 죽산 나승호 회장님께서 팔순을 앞둔 이 시점에서, 그동안 살아오면서 느끼고 체험했던 일들을 메모로 남긴 글을 시와 글로 엮어 지난날을 회고하며 한 권의 책으로 만들어보고자 한다며 저에게 격려하는 글을 부탁하였습니다. 처음에는 거절하였으나 회장님의 간절한 부탁에 몇 자 적어봅니다.

회장님께서 일생의 과정이 마치 드라마처럼 회상되며, 용기와 겸손한 자신감으로 시처럼 흘러간 무수한 일을 한 권의 시글로 펴내신다고 하니, 선배로서, 학우로서 감탄하지 않을 수 없습니다. 이 시를 접하는 이들이 귀감이 되기를 바라는 마음이 간절합니다. 모쪼록 이 시를 토대로 문단에 입성하시기를 바라며, 이 격려사를 마무리합니다.

成均館儒學大學院 同門
도경 지삼환

  죽산竹山 선생의 시문에 대한 글을 쓰려 하니 제일 먼저 떠오르는 것은 텁텁하면서도 톡 쏘는 듯한 막걸리가 떠오른다. 미사여구보다 거칠고 투박하면서도 온갖 애환의 마음이 축적되고 농축된 시문이 떠오른다.

  일찍이 성재 허전許傳은 "시詩는 사람의 성정에 근본하여 음성에 나타난다. 그러므로 득실을 바로잡고 천지를 움직이고 신神을 감동시킴이 시詩보다 더한 것이 없다" 하였다.

  분명 죽산선생의 시문은 밤하늘의 북극성이나 북두칠성처럼 가뭄에 단비처럼 목마름을 참고 견디며 깔딱고개를 넘을 때의 옹달샘의 표주박 물 한모금처럼 가슴을 탁 트이게 하며 심금을 울릴 것이 분명하다.

  어려운 환경을 극복하시고 시문을 발간하신다 하니 항상 여유만만한 가운데 너털웃음을 짓는 모습을 떠올리며 축하드린다.

  한 줄의 글로 요약하면 永世不朽영세불후, 길이길이 영원하리라

成均館儒學大學院 同門
**토당 류재중**

축하의 글 |

　죽산竹山! 시집詩集을 낸다고 하니 먼저 축하祝賀하는 바이며 또한 놀라고 감격感激했습니다.

　그동안 틈틈이 시詩를 쓰고 있는 줄은 알고 있었지만 시집詩集을 낸다는 것이 이게 어디 보통普通일입니까.

　80성상星霜을 살아오면서 희노애락喜怒哀樂을 기록한 삶의 표현表現이며 낭만浪漫과 해학諧謔이 넘쳐나는 죽산竹山의 인생사人生史가 아니던가.

　성균관대학교成均館大學校 유학대학원儒學大學院에서 죽산竹山과 같이 동문수학同門修學하며 호형호제呼兄呼弟 하던 시절時節이 인생人生에 황금기黃金期이었던가 봐요.

　연중행사年中行事로 입학식入學式, 졸업식卒業式, 명륜축전明倫祝典, 유적지답사遺蹟地踏査, 특히 해외海外 유적지답사는 평생을 잊을 수 없는 대단한 일이었어요.

　죽산竹山 나승호羅承鎬 선생 참 장壯하십니다. 시인詩人이요, 서예가書藝家요, 학자學者이며 애국시민단체愛國市民團體 일원一員으로 바쁜 일상日常을 살아오면서 시집詩集을 발간發刊한다고 하니 자랑스럽지 않은가요.

　처음으로 내는 시집詩集이니 내용內容에 오류誤謬가 있거나 문맥文脈이 다소 매끄럽지 못한 점이 있더라도, 강호제현江湖諸賢의 많은 가르침이 있길 바라오며, 서序에 갈음하는 바입니다.

서기 2024년 장하지절長夏之節
성균관成均館 전의典儀
成均館儒學大學院 同門
**벽파**碧破 **김응문**金應文 **序**

7

나의 첫 발을 내디딜 때가 언제였나? 팔십 년 전 이야기인가 긴가
민가하다. 눈도 흐리고 귀도 안 들리고 방귀 뀐 것도 잊어버리고 휴
대폰은 맨날 잊어버린다. 말은 더디고 죽자고 뛴 것 같은데 혼자 걷
고 있다. 주위는 멀리 도망갔는 지 아무도 없다. 술을 보아도 밍숭맹
숭 쌀뜨물 같고 참 내가 뭘 쓰려고 했는데 또 여기서 헤맨다. "그렇
지 인사말을 써야 해"하고 생각하니까 눈앞이 까맣구나. 옜다 모르
겠다!

안녕하슈
빈 깡통이 한번 굴러봤어요
별거 다 했네 넋 빠진 놈
벗들은 꼭 씹어보고
말하지만 칭찬해 줘요
별거 아니지만
취할 때 슬플 때
기가 막힐 때 아이고 하고
곡소리 터질 때도 썼고요
한잔 퍼마시고도 썼어요
아니 정신 쏙 들 때도 썼어요
팔십 평생 넋두리 썼어요
윗글은 다 지우고 詩라고 썼는데
남들 하는 것 흉내 냈어요 벗님들
"만나서 참 좋았네"라고 썼어요

그동안 저를 위해 많은 도움 주시고, 선배, 동무, 이웃님들, 나 사는 동안 많은 격려 고맙고, 은혜 베풀어 주신 모든 분께 고마움을 인사말로 갈음합니다. 감사합니다.

2024년 7월

羅承鎬 竹山

9

# 목차 |

목차 |

好事多魔
別世비치之替

# 고향 1

내 고향을 그린다 첫 관문처럼
고개를 넘고 담 모퉁이를 돌면
꽁무니바람 뒤에서 밀어 준다
메주콩 타작 도리깨 소리가
내 등을 찰싹 치며
울 아버지 마당 같던 싸리비 생각난다
일평생 떠오르는 멀기도 한 내 고향
그 멋진 그리움을 지워본 적이 없다
또다시 고향의 달 내 시선에 들른다
내일도 그리고 오늘도 내 집을 왔다간다
나를 뒷전 두고 또 오련다는 언질도 없이

# 고향 2

그리운 내 고향 가고 싶은 내 고향
꿈에도 그리운 내 살던 내 태어난 고향
어귀에 서있는 장승은 늙지도 않고 날 기다릴까
작은 초막집 쓰러질 듯 무거운 가슴
높은 담벽 쓰러질 듯 고즈넉하다
첫사랑 담 넘어 아롱댄다
어둠이 내리고 강아지 짖어대고
대문 닫는 소리 가슴마저 닫힌다
창문은 초막등처럼 피어나고
밤하늘은 조용한데 향연은 시작된다
그믐달이 드러내니 외로움이 온다
나그네가 된 뒤 갈 곳마저 잃어버리고
등 뒤의 꿈에 본 내 고향

# 고향 3

내 고향은 첫사랑 꽃봉이 피는 곳
내 고향은 친구가 많아 재미있는 곳
내 고향은 무엇이든 다 있는 곳
내 고향은 꿈만 꾸면 다 이루는 곳
내 고향은 아버지나라 훈시받는 곳
내 고향은 어머니의 사랑만 있는 곳
내 고향은 오만가지 다 많고 누런 벼 황금벌판이 있는 곳
내 고향은 못 잊어 그리워 눈물 나는 곳
내 고향은 그때도 지금도 부모님만 사는 곳
끝끝내 내 고향 잊지 못하고

# 고향 4

지는 해 새들은 그림자 띄우고
황혼 난간에 기대선 철들은 늙은이
하늘에 나는 홍학을 세고 있네
학을 따라가자니 날지 못하고
바람에 실린 달은 내 고향 가는데
그리움 안고서 홍학만 세네
탁배기 한 잔에 시름 달랜다.
천리도 아니거늘 입으로 세월만 세고 있네!

# 왔다 간다

고통의 관문은
세상 태어날 때 있었다면
인생 끝남에 되돌아갈 관문은
더 괴롭고 아픔이 따르니
어찌 할까? 갈 때는 동무 없고
무담시 왔다 등 떠밀려 간다.
무거운 짐! 아쉬움
뒤로 두고 가는 또 다른 세상?
인생, 여기가 벼랑이다.

# 기다림

세월 속으로 흐르는 민둥산 계곡
바위 등 기대며 무릎깍지 끼고
앉은 나그네
벗은 오지 않고
먼저와 기다리는 너의 좋은 친구
계곡 살이 바람일 때 벗 오는 기척인가
시선은 던지고 손은 탁배기에 젖는다
세월 마시며 기다린 벗 오지 않고
달맞이 홀로 앉아 기다림은
탁배기 한잔에
세상은 평화로운데

# 그리움

마른 잎이 한잎 두잎 떨어지는
황금벌 메뚜기 집 짓고 둥지 틀 때
날 무르게 아낙네 물동이에 낙엽 떨어지면
내 사랑 조롱박에 입술 적시네
달콤한 사랑 익어갈 즈음
그대와 나 해로의 술잔을 나눠보세
적적한 이 밤이 새도록 달에 부탁해서
잠시 멈추게
부탁하겠네

# 천천히

태풍이 휘몰아칠 때
번개는 아슬히 피했고
젊은 시절 불같은 희망 꿈같지만
봄바람 가슴에 안고
보슬비 너그러이 맞으며
세상을 내 가슴에 품었다
높은 창공에서 독수리처럼 날았고
꿈도 안개처럼 사라졌지만
별처럼 많은 사연
하나하나 짚어가며 미소로 음미했지
이제야 바둑돌 옮기며
천천히 쉬어가세

# 만찬

최후의 만찬은 끝나고
아름다운 꽃 한 송이 시들어 흐느낀다
다시 피는 계절에 언약도 못하고
깊이깊이 묻힌다
해 넘고 솜구름마저 스쳐 지나는데
바람소리 고요하니
매미 울음소리 자지러질 때
인생의 만찬은 시들고 사라졌네
막장은 슬프다. 어찌할까?
차라리 통곡의 밤이여 깊이 잠들게나

# 종착역

발자국 세세히 지우는 날
가슴속에 지웠던 고귀한 고향
맨발로 곱게 되돌아와 지우는 날
어깨 무너지듯 흐느끼던 날
나의 추상과 나의 존재까지 지우는 날
하얀 구름 타고 내려온 꽃마차
희뿌연 안개 내리는 날 솜털 구름사이에
획 긋는 날 다시 올 수 없는 길 가는 날
내 삶은 여기서부터 지우겠네
길게 내쉰 가슴이 멈추는 날
내 영혼은 하늘에 맡긴 종착역

# 인생 끝자락에서

손에 쥔 것 없다 하여
실패라 하지 말게
여기까지 온 것도 성공일세
여차하여 요절하고 높은 산만 오르던 길
이제 하산하는데
전에 갔던 벗들 쓰러져간 그 친구들
얼마나 많은가
후손 키워 세상에 번듯하게 내놓았거늘
그 공은 얼마나 큰 가
온몸에 전율을 느끼며 핑~
눈물 한 방울 인생 끝난 끝자락
정리하고 미련 없이 가세

# 겨울에 쫓긴 봄

희뿌연 꽃잎 날린다
내 등 떠밀고 바람이 운다
능선 앞뜰에도 창공에도
내 가슴속에도 꽃잎 날린다
깃 속에 파고든 풍경소리같이
심경을 읽는 목탁소리도
멀리서 울려 퍼지는 종소리도
만유에 내린 축복의 봄
요들송이 깊은 잠도 깨운다
가슴깊이 풍파가 일렁인다
두근거려 사지가 굳는다
아~ 봄아 등 뒤에서
가슴 떨리게 봄이 오네
사랑이 오네!

# 허당

번개세월 허당세월
하늘은 늘 오랏줄을 드리우고 있다
낚아챌 기회만 노린다
늘 놓쳐버린 생 허당이다
천둥번개 내 목에 감고 협박하니
후회가 철썩 안긴다
인생무상 무담시 왔다간다
인생은 허당이야
굳이 꾸며 만들지 마라

# 진인사대천명 盡人事待天命

눈물이 없는 자는
감격을 느끼지 못하고
인정이 없으면
가슴이 뛰지 않으며
동정심이 없으면 갈 곳이 없다
뚜렷한 목표가 없는 자는
자신을 개척할 수 없으니
오로지 헛꿈을 버리고
오직 윤리 도덕 감사를 승화하는
세상을 만들기 위해
열심히 일하면 하늘은 돕는다

# 천성길

아름다운 꽃길
힐끗힐끗 돌아보며 간다
차마 놓지 못하며 보내는 이
하얀 구름 감싸며 어깨만 들썩인다
뭉게뭉게 홀가분한 미소
배꽃으로 짓고 목련꽃 수놓아
예쁜 소복지어 휙휙 감아
춤을 추며 세상 치마폭에 날리며
천국을 향해

# 그야말로 꽃길

못 잊어 돌아서네 헤어짐이 아쉬워
다시 올 수 없는 천성길 돌같이 굳은 나
하얀 구름 감싼다 마치 솜털구름
편하고 편하다 고난길 뒤로 하고
홀가분한데 배꽃으로 짓고
목련꽃 수놓은 예쁜 치마
휙휙 감아 춤추듯 암울했던
세상사 뒤로 휘날리고
꽃가마 오르네

# 비석

구름아 그 묘한 곳은 어디인가?
흐르는 맑은 달 맞닿은 데는 어디인가?
바쁘게 달려가는 둥근 달님은?
모두 세월 따라 가시게
나 이제 여기 누워 쉴세라
바쁜 손 내려놓고 왔더니
괜히 밖에 나갔다 왔다 한다!

# 상선약수

물은 만물을 이롭게 하여
다툼이 없으며 늘 평화롭다
청결과 오물을 폄하하지 않으며
어느 곳이든 채워주고
시름을 달래주는 고마운 물
메마른 가슴을 적셔준다
그러나 때로는 큰 바위가 돼
우레와 같이 심판하니 물의 오묘함이다
물은 용서하고 빛과 같이 맑게 흐른다
세상을 평화로 흐르게 하니
하늘의 이치이다

# 갈대

은빛 오솔길 사랑의 오솔길
갈대는 바람에 밀리듯 허둥인다
숲속의 요정은 찾았는가?
하얗게 늙은 갈대의 순정
늙은 백발이 세월을 날린다
바람의 향연 으악새 울음소리
청춘을 잃었을까?
가을꽃은 떨어진다
갈대의 순정 흔들리며 사이사이
사랑이 울어댄다 으악새가 울어댄다
늙은이의 울부짖음 사라져가는 인생
아~ 으악새 너만 울고 나도!
갈대의 순정

# 서릿발

칠흑 같은 어둠속에 까만 눈만 번득이고
능선에 칼족 꽂은 듯 으스스 바람 친다
칼날이 지나간 것처럼 서릿발대가 섰고
어젯밤 낱낱이 심판 했나보다
조용한 구석까지 자국자국 대쪽 자른 듯
선과 악이 한판 붙었나보다
먼동이 트고 햇살이 가랑잎까지 비추고
뾰족한 끝은 무뎌 그것마저 살처분했다
다시 세상은 밝아졌고 어젯밤은 지나갔다
오늘은 대못 박는 일 없었으면 한다

# 길

뿌옇게 뿌연 길
안개 낀 몽연길
깨끗하게 열리며 아름답구나
뭉게구름 타고 두레박 타고
천상으로 오른 길
뒤꿈치 버팅이해도 가야할 길
인생길 살얼음판 길
건너야만 하는 길
싫든 곱든
건너야 하는 강
하늘의 구름은 거역할 수 없어라
세상을 등에 업고 가야 하는 가
하얀 발자국 남기고 가야할 길
뒤에 남는 발자국 두렵기만 하네
업보는 없어야 하는데

## 세월

연못가에 봄꽃은
아직 꿈에서 깨어나지도 않았는데
뜰 앞의 오동잎은
어느새 낙엽 지는 소리를 내는구나
아낙네 물동이에 고드름은 달리고
새벽닭 종소리는 게으름 피고 있다
늙다리 할망구 손에 호미 들고
할배는 도리깨 들고 다닌다
세월아 왜 이리 서두르는가?

# 가세나

야속한 세월을 구르다보니
눈덩이처럼 업보가 등 뒤에 한 짐이다
꼬부랑 할배 꼬부랑 할멈
앞서거니 뒤서거니 세월만 토닥이다
인생길만 초라하다
떡잎 되고 낙엽 지니
추억들이 어쨌기에 더디 걷는다
등에 업은 업보를 내려놓는 그날
긴 숨 내쉬지 말고
가세나 가세나
왔던길로 가세나 가세나

# 그리움

봄 향기처럼 곱고 고운 마음
가을하늘처럼 맑은 걸로
티끌 묻지 않은 청순한 걸로
칠순 훌쩍 넘어 팔팔 이르러
긴 세월로 씻고 씻은 마음
그리움만 가득 담아
예쁜 둥근달 포에 싸서
벗들에게 불쑥 내밀어 보냅니다

# 미래는?


옛 선조님들은 냉수 마시고
이 쑤시던 그 자긍심
끌릴 것이 없고 짚신조차도
그 시절은 반 걸레 신
변심 없는 젊음은
옆구리에 칼만 찼을까
세태는 충돌만 남았다
민족의 얼 자긍심은
멀리 떠났을까?

# 낙엽의 최후

인생의 끝을 본 듯
생이 끝난 낙엽은
나 잘난 짚신 같은 신발로
밟고 지나간다
아파하는 비명인데
나는 너를 못본 듯
아삭아삭 용서하지 못한 채 밟고 지나간다
세월은 뒤에 있고 나의 비애를 넘는 것처럼
늙은이의 최후처럼 모두 쓰러져 가는가?

# 고향의 동산


잊지 못하는 그곳은 작은 산마루에서
봄바람과 가는 것이 병풍바람
산에는 칼바람
그 세월 속에 님이 자랐다
우레가 치고 싹쓸이 태풍과
가슴을 다독이는 따뜻한 봄바람
또다시 한밤에 소복이 내린 눈
가슴에도 소복이 쌓인다
그 벗들
지평선 해무리가 사라지는데
헤아리지 못했고 서쪽 달무리
나를 부르는 걸 아직도
나도 가야하는 걸 아직도….
아쉬워진다.

# 온 천지

봄바람은 두근거림으로 다가오고
여름바람은 출렁이며 다가 온다
가을바람은 청명하고 서늘함이
낙엽이 날리고 가슴은 슬퍼진다
지나감이 오고 잊어버림이 온다
세월이여서 아쉽고
낙엽은 휘날리고 애처로우니
가을밤은 달도 밝고 별천지인데
내가 설 곳은 어디일까
은하 강 출렁다리 아슬아슬하구나
하얀 눈 날리면 온누리가
나뒹구는 들 깜깜한 암흑길도
가시밭길 하얗게 덮어
깨끗해지니 모두 잠들어라
그리고 빛으로 잃어나라

# 세상의 흐름

물은 만물을 이롭게 하여
다툼이 없으며 늘 화평하다
청경을 폄하하지 않으며 어느 곳이든 채워주고
시름을 달래주며 가슴까지 적셔준다
그러나 때로는 큰 바위처럼
덮쳐 심판할 때는 우레와 같다
물은 곧 용서로 빛과 같이 맑게 흐른다
세상을 평화로 흐르게 하니 하늘의 이치이다

# 은행나무

그늘이 되어줄 땐
도란도란 노닐었고
주렁주렁 열렸을 땐
탐스레 감격하고
소슬바람에 속절없이
가냘프게 떨어지는 노란 은행잎
앙상한 가지에 보름달이 걸리네
흐르는 세월 지켜본지 백 년이라네

# 길

시련은 인생의 소금이며
희망과 꿈은 인생의 설탕이다
꿈을 회생(懷生)하지 못하면
진리를 통해 등나무줄기처럼
희망의 길이 열리겠지!
길이 막히면 다른 길을
새로 내면 길이 되니까
그 길은 신성한 길이 되니까
그리고 이루어지니까

# 첫사랑

사랑하는 그대여 어디에 살고 있소
잊지 못한 내 사랑 전할 길 없어
내 잠 못 이루는 밤
별을 세며 그대 별자리 찾는다
그믐이 되면 내 사연 지워지니
눈물 짓지 말고 꼭 읽어주오
이제 다 타버린 인생 그믐이 오고
사랑은 멀리 있어도
가슴에 지워지지 않으오
오~ 사랑하는 그대여

# 가을

앞뜰 배수로에 붕어떼
고랑엔 송사리떼
황금들엔 메뚜기떼
높은 창공엔 참새떼
휘휘 새 쫓는 어린 소년
언덕밭엔 황금호박 뒹군다
지금도 누런 들판에
바람에 벼이삭이 황금물결 칠 때
온통 내세상이였던 그 시절
벼 베시는 아버지 허리 휜다
한가위는 그대로 한가히 왔을까
부모님 헉헉하며 일하는 소리
그리운 내 고향 숨소리가 들린다
황금들 그대로 귀에 쟁쟁하다
귀에 쟁쟁하다

# 풀잎

섬돌 밑에 자지러지는 귀뚜라미 풀여치
그 구슬 묻은 울음소리를 내 홀로 어이 들으리
누군가 금방 달려들 것 같은 저 사람 옆
젖어드는 이슬에 목 무거워 오동잎도 뚝뚝 지는데
어허 어찌 이리 서늘하고
푸른 밤 주막집 달려가 막소주 한잔 나눔이 없어
마당가 홀로서서 그리움에 내리다 보니
울 넘어 저기 독집에 아직 꺼지지 않은 등불이
어찌 저기 따뜻한 지상의 노래인지 꿈인지

# 때운 설

제사(祭祀)없는 설날 음식 참으로 어슬프다
잡채 돼지불고기 자반 이것 단가 고기 많잖아요!
왜 천장을 보세요 형장의 사형수
꾸벅하고 목이 떨어지듯 꺾인다
휘둥그레 눈을 돌려 소주잔에 손이 가고
혀가 휘말려 쩍 입다신다
명절의 소중함 제례의 소중함
명절마다 찬가 부를까 종교의식이다
여기서 아멘 해부러

# 벗에게 조문

인생의 끝자락에 선 친구야
쭈그리고 앉아 겁먹은 눈
슬픔은 시간이 말해주고 세월이 지워준다네
오랜 슬픔도 마침내 탈출구가 있듯이
그 아울함도 홍수처럼 밀려올 때
이미 더 불어닥칠 수 없을 때 사라질 뿐이라네
외롭게 느끼고 주위가 싸늘해도
거목도 흔들리고
바위도 풍망치에 쓰러진 것 보았는가
천둥번개도 물리쳤네
도깨비 같은 세상도 아랑곳없이 승리했고
홀로 우뚝 서서 세상의 표상이 되었으니
아름다운 이별이 아니겠는가
잘 죽게나!

# 세월

봄이 오면 산새 지저귀는 소리에 즐겁고
여름이면 매미 우는 소리에 즐겁다
가을엔 낙엽 지는 소리에 세월이 울고
겨울엔 칼바람 소리에 늙은이 허리춤이 시리다
달은 높이 떠 있고 쇠소리 바람 휘감고
노인은 방구석에 움츠려 방구만 쏘아대니
손자 손녀 코 비틀고 방안으로 그만 피어댄다

# 소리

봄엔 새소리 늘 듣고
여름엔 매미 소리
가을엔 풀벌레 집 찾는 소리가
겨울엔 소복소복 눈 내리는 소리
하얗게 세상을 뒤엎어 세월 가는 소리
늙고 백발로 덮는 소릴세
문구방 발로 밀어보니
밖은 빈 하늘만 보이고
흰 구름 서서히 물러가는 소리
또 꽃은 새 단장하는 걱정에
새는 지저귀며 새집 단장하는 소리
세월은 이렇게 구시렁거리며
인생도 새판 짜고 있구나

# 꿈

밤새도록 꿈에서 노닐다
새벽을 잃고 방안엔 숨소리만 가득하다
긴밤 속삭이던 내 청춘의 벗
꼭 껴안은 내 사랑
꽉 차인 꿈 이야기
나의 침실엔 새벽달이 가지 못하고
나의 기침을 기다리고 노인을 책망한다
한밤을 속삭이고 내 청춘 침소에 떠나지 못하네
우두커니 간밤을 회상하며 애쓰네
허망하구나

# 낙엽

높은 산 웅장한 신록
앙상하게 훌 벗고
가을에 떠난 그 향기
지나는 억새바람에 가슴 뚫린다
녹색의 여름 그 시원함
다 태워버린 가을아
가랑잎 한 잎까지 지우지 말게
한자 적어 그대에게 보낸 잎
노란 은행잎 가을아

# 6.25

한강의 한스런 사연 안고
유유히 흐른다네
잠시 쉬어가도 좋으련만
악몽 같은 사연 때문에 멈출 수 없다네
청산아 놀라지 마라 내가 깊이 흐르는 뜻에
말없이 역사 속에 흐르고 있는 것은
그때는 그랬다네 하고 말할 수 있을까
둥근달이 그믐달이 돼도 돌아갈 수 없어
한강의 사연 지워놓고 가려 한다네
그 악몽 알고 있기에 서산 넘지 못 한다네
그래도 한강은 흘러야 하기에

# 나뭇잎 하나

머물고 싶지 않은 곳 칼바람 움추려
깊은 심신의 끝으로 숨겨둔 생명
봄부터 가을까지 살다가는 인생
파란 잎에 사연 적은걸 지워야하는
불타버린 가을 산 한 잎남아
으스스 떨든 나뭇잎 하나
겨울 견디고 승리의 사연 또 적는다
봄 사랑 이야기 사연 사연
늘 쓰거라 인생사연도

# 행복

모래사장에 사금 섞여 있듯
돌아보니 안 보일뿐
여기 인생도 있소이다
행복을 얻고 싶은가
항상 그대 손에 움켜쥐고 있는데
느낌을 우정으로 부정하며 불평하며
놓쳐보라 얼마나 고귀한 삶을 얻고 있는지
얼마나 크고 귀한 것인지
그래서 행복했다고
행복은 손끝에서 있다 없다
행복은 결국 내가 안고 사는데
사라지는 것은 내가 버렸기 때문

# 세월

창밖에 낙엽이 져 떨어질 것 같아서
창밖에 눈이 올 것 같아서
창밖에 서산으로 넘어가는 그믐달 같아서
창밖에 으스스 부는 바람 노을을 지을 것 같아서
창밖에 오가는 사람들 촉걸음이 겁이 나서
창밖을 차마 바라볼수가 없네
창밖은 시들음과 사라짐과 늙음이

# 사랑

사랑을 베풀려 하는가
사랑을 받으려 하는가
주고 또 주고 싶은가
사랑은 넘치지 않으니
사랑은 오래 참고
사랑은 온유하며 교만하지 아니하며
무례히 행치 아니하며
울먹이며 감격하며 이루어진 사랑

# 가을

황량한 것 같더니 아름답고
텅 빈 것 같더니 추억이 가득하네
떼구름 구르더니 조잘거린다
산바람 옷깃에 스쳐 세월이 지나가네
운치 있는 산세 골짜기 잠시 멈추고
부르던 사랑가 잠잠할 때
석양 곁에 솟은 달 날 마중하네
어찌할까 한들 세월이 가나보네
뒤로 한 추억들도 하나하나 떨어지는 소리
들린 듯 가냘프게 묻히는구나

# 한강

얼마나 아름다운가
저 한강의 흐르는 물위 불빛
언젠가는 쏟아지는 별이 가득하고
가슴 뭉클 두드리더니
오늘은 소슬바람이 나를 휘어 감는다
무수한 벗들의 사랑
다 훔쳐보고 강 깊이 숨었구나
잔잔히 흐를 때는 조용하고
입맞춤 볼 때는 둥근달도 웃고
포옹하니 조각달 되어 수줍은 너
네가 있어야 할 곳 구름사이
예뻐라 한강 속 달님!

# 다시 생으로

만감이 교차한다
인생은 하나둘 반짝이다 사라지다
다시 생존하고 또 나타날까 의심은 하지만
멋진 별 그림 예쁘고 아름답다
어찌 끝은 가슴을 아프게 한다
둥근달처럼 회생을 기대하며
두 손 모아본다

# 본향의 노래

인생의 고난을 노래로 승화한다
밤하늘에 촘촘히 빛나는 별들을 멀리서 보면
돌아가야 할 곳 삶의 근원적 본향
어디에 있을까 노래로 찾았답니다
노래가 보내준 마지막 그 길 영원한 본향
그러나 인생은 늘 울어야만 했습니다

# 벗

민둥산 계곡아래 발 담그고
바위에 등대고 무릎깍지 끼고
세월도 발에 담궜네
벗은 오지 않네
계곡에 휘려 바람일 때
벗 오는 기적
세월 마시며 기다린 벗은 오지 않네
홀로 앉아 달님 기다림 벗은 기별 없고
세월 속에 보고픈 벗들 탁배기만 바쁘다
세월 몰고 갈 먹구름만 가득하구니
계곡의 물소리 통곡으로 들리고
세월을 원망한다

# 벗

백발은 늙었다는 징조이다
봄은 민물처럼 왔다 썰물처럼 쓸어간다
잔병이 많아지면 벗도 멀어지고 시름만 오게 된다
탁배기 항아리 채 들고
걸커니 하자는데 그와 같이 못하네
항아리 팽개치고 등지고 간 벗
뒷머리에 황소뿔이 툭툭 불거나온다
나는 애석하다

# 정치가 늑대

늑대가 하늘에 대고
크게 울부짖는다
따라 우는 늑대가 없다면
그는 정복자가 못 된다
영원한 정복자는 없다
아름다운 정원을 만들려고
생판 낯선 곳에 와서 울부짖는다
천국 같은 정원을 만들겠다고
늑대는 꼬리만 내리고
또 사냥터로 떠난다

# 정치란

정치는 언제나 철이 들려나
여기에 들어오면 곧바로 물든다
여기 왔다 하면 안하무인이 된다
법을 무력화하며 또 법을 만든다
밖을 의식하지 않고 소리굴로 들어가
마침내 나오기 위한 법을 만든다
법률이 무엇인가 깨닫지 못하고
소라고동으로 나발 분다
날개도 없이 깊은 나락의 후회로
통곡으로 묻힌다

# 모범

내 자식에 문명을
그를 인간되게 가르쳤다
남의 눈을 의식해서일까
가르치지 못하고 가슴 저린 것은
사랑을 모범 삼아 가르치지 못했다
사랑하는 마음은
사랑 줌으로써 가르치는 것이다

# 후회

좋은 세상이 왔다 해도
인생은 다시 돌아오지 않네
비단길 같은 나의 삶을 찾지 못하니
헤매고 헤매고 처음을 잊은 지 오래고
오늘을 달린다
한번도 뒤돌아보지 못했지만
나의 삶은 빈 그릇이 되었도다
나의 삶은 여기까지다
봉산에 앉아 소리친들

# 샛강

꽃잎이 떨어져도
사랑스러워 쓸지 못하네
달 밝으니 창공이 청명하네
달님 구름사이로
샛강 건너 마실갔네
바람은 대나무 불러 휘파람 불고
별들의 속삭임 뱃노래 들리네
나는 창가의 달 보러
갈까 말까 망설이네
이 밤은 깨우지 마라

# 아빠의 헛기침

기분이 좋을 땐 헛기침
속마음 볼 수가 없네
울고 싶을 때 장소마저 없다
엄마의 가슴은 봄여름 오며가며 눈시울
아버지의 맘속은 가을과 겨울 오간다
엄마는 잔소리로
아빠는 현관 앞에서 눈시울 닦는다
우리들은 철이 없어서
앞마당엔 걱정거리 널린다

# 개똥불 인생

칠흑같이 어두운 밤
별도 고요한 밤
존재를 의미하는 개똥벌레
인생은 짧다 한들 개똥에 비유할까
인생은 개똥벌레 되어 흩어지고
달은 손잡이 없이 정처 없고
별은 구슬 되어 흩어지네
인생은 개똥불처럼 사라지네
깊은 숲속으로

# 끝자락

석양의 노을빛 해무리 끝자락
일평생 세월 속에 무심코 본 너는 지고 피고
해는 다시 오르는데
나는 한번 지면 돌아올 수가 없다
미련 때문은 아니고 부정은 못하지만
나는 여기서 사라진다
세상 것 다 버리고 가라고
깊은 숨을 퍼낸다 그런데 조용하구나
그리고 사라졌구나 구천 그 먼곳으로

# 텃밭의 기쁨

밭을 갈며 봄을 부르신다
물동이위에 달도 퍼 오시며 봄을 부르신다
쉰 소리 숨이 차며 고랑고랑 싹을 부르신다
두래두래 끼얹는 물바가지
우리 집 처마 끝 걸친 달도 지치고
대문 앞에 축 늘어져 지치고
어둠에 들어서 짐 푸신다
매년 지쳐도 하얀 이만 내미신다

# 인생은 짧다

벌써라 하면 짧고 이제 막 하면 길다
이제 팔부능선에 왔지 하면 안정된 세월이다
이것저것 챙겨 숨겨놓고
이것저것 감춰놓고 다 갖고 갈 것인가
그냥 가 아까워 말고
미련 버리면 눈앞이 낙원이라네

# 늙은 가을

깊은 밤 가을은 깊어 가는데
늙은이의 시 읊는 소리
해마다 까먹지도 않고 또 오는 가
벼 이삭 누렇게 익어 아름답다
무성한 거목도 알몸에 떨고
휙 부는 가을 찬바람
늙은이의 일기장 덮어버렸다
무서운 가을 으스스 휘감네
반달도 쪽배도 초롱불도 조롱하드냐
늦가을로 하여 시 너머의 밤을 무너뜨린다

# 질투

높이 오를수록 거세진 바람
늙어 가면 순풍이 분다
마음이 가난하면
거센 바람이 솟구칠 때
모이 먹듯 하늘보라
선량한 심기로 용서 된다
봄 뜰을 거닐고 가을 낙엽 밟아 보라
하늘같은 용서
볼에 눈물자국 남길 때
내가 탄생하였다

# 고향별

어릴 때 내가 찍어놓은 별
아직도 고향가면 내 머리 위에 있겠지
깜깜할 때 비춰주며 마실길 잘 데려다주고
사립문 열면 등 뒤에서 사라지고
그 별은 타향살이엔 볼 수가 없으니
고향땅 밤하늘이 그립다
설에는 초승달이 나에게 다가왔다
금방 가버려서 늘 속상했다

# 선산

아늑한데 허전하고 온기는 없지만 든든한 맘
사방은 한파 맞은 갈대숲에 달이 왔습니다
덩그러니 차가운 빙판 같구나
잡아주실 손 그림자도 없지만
어머님께서 우실까봐 차마 입 못 열고
눈시울로 하늘 보니
빈 수레에 구름 싣고 정처 없이 흐르네
바람아 바람아 잔잔히 불거라
우리 부모님 등지시고 발 시리다 저만큼 비켜가라
아들아 부르는 큰 음성 메아리쳐 등 뒤가 잔잔했다
탁배기라도 올리고….

# 우는 새 가슴

간밤에 안개비 뿌옇게 내리는데
지나 버린 속삭임 하얀 종이 위에
그린 짝사랑 벅벅 다 지우고 산다
가슴 메우고 영혼을 까맣게 지새운 기나긴 밤을
또 지웠으니 두근거린 새 가슴만 타오른다
하얗게 지워진다면 첫사랑은 타다 울고
애태우다 어깨 들먹인다
사랑은 오직 애태우다 우는
새벽에 내린 안개일까

# 난蘭 사랑

봄을 붙잡으려면 먼저
꽃을 머무르게 해야 한다
봄바람은 꽃을 데리고 가는 것이니
그러나 누가 알랴 이 난초의 향기를
이월에도 삼월에도 오래도록 한결같은
유춘정 아래 난초를

내가 난을 사랑하여
갑자기 두 눈이 밝아지네
엷고 푸른 잎은 흐트러져 있고
새로 피어나는 싹은 엷게 푸르구나
고요히 앉아 향기 오기를 기다리니
마음이 저절로 맑아지네

# 인생

얼음 강 밑에서도 물고기는 헤엄치고
눈보라 속에서도 매화는 꽃망울을 트이며
사막의 고통 속에서도 인간은 오아시스를 찾는다
눈 덮인 겨울의 밭고랑의 보리는 뿌리를 뻗고
마늘은 빙점에서도 그 매운 맛 향기를 지닌다

단련 없이 명검은 날이 서지 않는다
긴 고행길 멈추지 마라 인생항로 험하고 힘드니
폭풍이 몰아쳐 파도는 높고 폭풍우 배를 흔들어도
한고비 지나면 구름 뒤 태양은 반드시 뜨고
고요한 뱃길 순항의 내일은 꼭 찾아온다

# 그리움

멀리 북망산에 오르는
꿈은 안개처럼 흩어진다
너무 이르지도 않고 시간이 흐르며
죽음이 조금씩 참석한다
녹고 녹는다

이 몸이 죽고 죽어 일백 번 고쳐죽어
백골이 진토 되어 넋이라도 있고 없고
임 향한 일편단심 가실 줄이 있으랴
꽃이 필 때마다 그대가 보고 싶습니다
그대가 보고 싶을 때마다 꽃이 핍니다

# 맛난 비과

어린 시절 아들 교회 가서
헌금하라 주신 십 원
기뻐 달려가다 삼거리에서
좌로 가면 예수님께 빼앗기고
우로 가면 맛난 비과가 열 개
에라, 비과 사먹으러 간 나
십 원의 황홀함 입안에 데굴데굴
교회 뒷산에 올라 뒹굴며
조마조마 예수님께 들킬까?
왁자지껄 끝날 때 나는 좀비가 된다
백발인 지금도 기도 때마다
하얀 머리에 기도 제목으로 앞선다

# 그럴 때

날 때가 있고 죽을 때가 있으며
심을 때가 있고 심은 것을 뽑을 때가 있으며
세울 때가 있으면 헐 때가 있고
찾을 때가 있으면 잃을 때가 있고
지킬 때가 있으면 버릴 때가 있고
사랑할 때가 있으면 미워할 때가 있으며
모든 때를 다 놓친 것 같아 아쉽구나!

# 소나무에 걸친 달

한밤중 넋 잃고 창문을 열고 보니
조용한 새벽은 깨어날 줄 모르네
눈 쌓인 소나무에 둥근달 걸쳐
집에 갈 줄 모르네

새벽 깨우는 닭 울어대고
오도 가도 못한 달은
해뜨기 기다리네
샛별은 일터로 향하는데

새벽 닭 울음소리 자지러지고
겨울밤 지루하여 동트기전
먼동 끌어내리려 울어 댄다
새벽 꿈 잃은 채 새벽잠도 잃고 뒤척인다

# 세월의 한

백발은 늙어 감을 재촉한다
봄은 민물처럼 다가와
불을 지른 듯 활활 타버린 듯
단풍으로 수놓았고
아름다운 낙엽으로 오묘해지니
칼바람 일으켜 능선을 휩쓰네
저물어가는 낙양은 붉게 타고
시니어의 가슴엔 늘 화살 하나 꽂혀있네

# 북망산 길은

이보시게 친구여
혹 내가 죽어 문상오거든
관 뚜껑 치며 곡하지 말게나
내 깜짝 놀라서 뚜껑 박차고 벌떡 일어나면
다음은 누가 쇠 대못질
나는 두 번 죽네 그려
죽고 싶지 않은
가고 싶지 않은
저승에 가고 싶지 않은
이승에 살고 싶은
늙은이의 푸념일세

# 부모 마음

높은 뜻 넓은 배려 큰 사랑
소달구지 몰면서도 소에게 힘드냐
물으시고 내려서 같이 걸으신다
한참 걷고 다시 타신다
자식 사랑은 하늘에 빌고
죄 놈은 나같이 안 되게
정안수 떠놓고 손이 닳도록 빌고
내 입에 넣을 것 없어도 자식 입엔 넣고
찬물 마시는걸!
자식의 실패 억장이 무너져도
헛기침으로 달래신다
뒷 모퉁이 돌아 어깨만 들썩인다
하염없이 눈물 흘려도 일터로 가신다
이분이 부모이시다

# 이처럼

폭풍이 내려치는 언덕에서도 피고 싶은 들꽃
아슬아슬한 절벽 바위틈에서도 피고 싶은 난초
칼바람 삭신 저려 배꼽 속에서도 피고 싶은 클로바
가슴속 쇠뭉치같은 한 버리고 피고 싶은 철쭉
황량하게 잠들고 있던 산과 들에서도 피고 싶은 진달래
애달프게 울고 간 망자의 가슴 속에도 피고 싶은 할미꽃
꽃은 또 피고 지고 인생도 피고 지고 꽃들아 피어나라
아름다움이여 피어나라
인생이여 피어나라
시들음을 준비하라 떨어짐을 모르는가
영원함은 없으리니 피고 짐은 영원할까?

# 추석

사립문 여 잡고 한양 간 아들
언제 올까 하며 긴 세월 아득하니
문고리 쇠약하고 문주방 사라졌네
언제 올까 언제 볼까
밝은 달 소리 없이 지나가며 쇠소리 내누나
어깻죽지 늘어지고 주르륵 마루에 걸터앉은 고함소리
울긴 왜 울어 그놈이 죽었나
오든지 말든지 방문은 덜크덩쿵 사립문 발을 편다
긴밤 연기 속에 묻혀 까마귀 날고
그때처럼 내가 사립문 잡고 있다

# 인생

꽃피고 새우는 소리도 아름답지만
결실을 거두는 가을도 아름다움이라
늙는 것은 오늘이 지나는 것이요
봄이 지나면 가을은 필연코 오느니
인생 또한 낙엽처럼 시들어 떨어진다
우리는 늙는 것을 부정하지만
가슴속 순정부터 울고 싶다는 것이다
잘 익은 과일로 허풍떨지만
잘 익어가기만 하면 흉물은 면하니
그가 갈 때 저 구름 사이 사라지며
탄식하는 소리 들을 것이다
인생은 헛것이었다고
언제나 그 길 뿐 일세

# 인생무상

뜨고 지고 이것은 세월이라
한세상 사는 동안 구름가려 울적하고
더위로 체면까지 구기고 괴롭혔다
앙상하게 벗기고 추위로 떨게 하여
아슬아슬한 세월 속에 능멸했도다
어찌 인생이라 하나
늙은이의 인생을 해마루에 올려
아름답다 탄성하나
수의 입고 멋지게 가락에 맞춰
덩실덩실 오르라 하나
하늘의 이치를 따르라 하네
고개 숙이고 손 모으자

# 세월

한해가 구름사이 달처럼 정처가 없구나
사랑은 떠나도 감격하며 돌아올 수 있지만
훅 불어 사라져버리는 세월
어젯밤 비호같이 달아나는 달
끝자락에 매달려 놓치고 말았네
가라 놔두세 그냥 보내기로 하세
벌써 끝자락에 새로운 미로의
마차가 당도하고 있네
우리 이별주 한잔 나누게
집에 잘 익은 탁배기 있으면
동이 채 들고 오시게나
꿀돼지라도 잡겠네
오시는 길 주마등 불 댕겼거든
분위기 흥겨워지겠지
북, 장구 없이도 어깨춤 덩실하세!

# 고향의 십자가

내 고향의 늙으막 세월 속에
마을 어귀까지 지나도
옛 어른, 옛 친구는 볼 수 없는 고향
어젯밤 뿌옇게 선몽한 꿈 이야기처럼
내 사는 곳 새 성전 세웠네
"새 성전 명량교회"
고향 가는 길이 이렇게 설레인다
객지 생활 고향길에 섭섭했던 하나님
서양의 해마루처럼 주르륵 적신 눈망울
나의 여호와 하나님
구름도 울고 가고 바람도 하염없이 울고 넘던
명량산 무지봉 산마루에 십자가 꽃 피웠네
백년 기다림의 새 성전 말씀 한마디 기적처럼
하나님 깊은 뜻을 여기에 심으셨네
객지 생활 옛 고우들 고난에 눈물도
여기에 함께 심으셨네

# 삶

나무를 깎아 인형을 만들어
땅에 꽂은들 숨쉬겠나
돌을 다듬어 입을 그려 넣은들
미소가 나오겠는가
다 사는 게 그렇지만
어떤 이는 해를 가리켜 손짓하면
햇님은 빙그레 웃는다 한다
그것이 삶의 지혜일까?
삶의 도전일까?
기이한 세상일까?
두 손을 모아보자

# 가을아

하늘도 높고 청명한데
단풍이라는 너 때문에 가슴이 조여 온다
무엇인가 마음속에서 떠나가고
아득히 밀려가버린 그리움만 남기고
옷깃을 여미고 허전함을 감싸도
허전하고 허공처럼 뚫린 가을아
나의 몸은 서릿발같이 차갑구나
사랑도 아픔도 뒹굴고
사무친 떨잎이 되어 겨울을 재촉하는구나
칼바람 부는 모퉁이에서
헐벗고 우는 구나 문풍지 울음소리로
조용히 떠나며 손사래로 세상을 지운다

# 벗님네들

세상사 힘든데 모든 게 내 것하고
끌어놓았어도 헛것이여
늙다리 와서 마누라도 내 것이 아니며
복종하며 산다
주머닛돈 내 것이 아닐세
대궐 같은 집 내 것 아니며
힘이 겨워 내가 멀어져가지
웅켜 잡지 말게나 그냥 풀어놓아줘
오든 가든 눈만 살며시 감아
속 편혀

# 출렁달

호수속에 밝게 비친 출렁달
호수속의 구슬이로다
소슬바람에 잔잔함 속삭임의 곡 울림도
용궁의 천지가 나의 뜰이다
달은 변천을 이룬 듯
만천하가 고요한 밤인데
실버들 휘엉휘엉 선녀의 치마폭이
공주의 멘토 같아 아름다워라
고요한 밤 흐르고
샛별이 닷도 없이 호수를 지배한다
영롱한 빛 하늘로 흡입하듯
하얀 밤 까만 밤 모두 걷는 새벽별들
내 맘 앗아 산 넘어 사라지고
호수 속에 잠들고
뒤척이는 밤과 함께 보내드리오다

# 세월은

세월은 나를 그냥 살게 놓아주지 않았네
소슬바람으로 비켜가고
거센 바람으로 나를 할퀴었다
어두운 바람으로 희롱하여
세월 바람으로 나를 깊은 수렁에 묻는다
주위에 나를 곱씹어 깊이깊이 파묻고
할퀴더니 늙은이가 짖어댄다
막다른 골목에 몰아넣고 이젠 떠나란다
나를 송두리째 내놓고 가란다

# 귀뚜라미

코스모스 한들 덩실
기웃기웃 들녘은 한산한데
서늘바람 솔솔 불고
깡충 뛰어오른 귀뚜라미
구슬피 울어 댄다
나의 사랑 어디에 있나
깡충 노크하고 구슬피 울며
임 갔던 길 묻고 묻는구나

# 서쪽은

순간순간이 서쪽으로 간다
생존의 식물도 아름다운 새들도
인생은 두리뭉실 서쪽으로 가네
늙다리의 삶이 서쪽으로 기울어가고
가는 모습 사라지는 모습 볼일이 없다
자꾸 서쪽으로 가네
햇님도 달님도 산 넘으면 강 건너가고
석양의 해무리 위에 인생의 강 요단강 서쪽에 있는가
아득한 해무리에 나만이 기울어 서쪽으로 가고 있다네

# 들리는 소리

해빙 갈라지는 소리
해빙 무너지는 소리
봄이 오는 소리일까
새싹 오르는 소리
아지랑이 쏟아지는 소리
활기 돋고 춤추는 소리
꽃이 터지는 소리에
덕담이 날리는 소리
심금이 울리는 소리
아~ 나의 봄이 오는 소리

# 나의 사랑

나의 첫사랑 나의 사랑
달이 창가에 들어오면 벌떡 한다네
눈감으면 그대는 내 앞에 서고
눈을 뜨면 사라지는 꿈은 매일 오는데
그대는 늘 이별이요
나의 앞에 길을 여시니
자갈길을 모래사장처럼 걷고 싶어라
오늘도 이별만 하고 꿈도 갔다네

# 사랑의 둥지


어느 날 찬 기운이 옷깃을 휘감네
석양의 숲속에서 지저귀며
하늘의 달님 환영받으며
둥지로 돌아오는 새들
홀로서서 내 갈 길을 새들에게 묻는다
허공에 뜬 구름처럼 정처 없으려니
밝은 밤이 그늘지네
뜰에 서리 내려 싸늘히 혼절한 달빛
처마 밑에 매달려 슬피우네
싸늘하게 가버린 내 사랑
나의 둥지는 어디일까
내 마음 허공에서 길을 잃었네

# 가시꽃

꽁꽁 묶어놓은 내 마음
꼭꼭 닫은 내 마음
가시 돋친 말들을
봄바람에 날려야 하고
가슴 찢어 마음 열어라
그리고 포용하라
독하고 잔인하고 큰 대못도
다 무디게 세월에 지우자
잔잔히 흐르는 강물에
쏟아 부어 버리세
침묵으로 묵직한 산처럼
대답 없이 뒷일은 잊어가자
잔잔히 살다 가자

# 떡잎

칠흑 동잠에서
으스러지게 아픈 한 떨기
봄의 향기는 요구한다
그리워 아지랑이 목 조른 듯
위아래 파르르 떨고 소스라치는 떡잎
불과 며칠의 사랑의 꿈
청순함을 요구하지만 햇빛으로 강해지네
봄의 향기는 아름답지요
시샘바람 떡잎에 부빈다
봄이 마구 흔들어 진다
아~ 아프다 처녀의 마음

# 꿈에서

꿈만 보내주신 그대의 마음
어제도 오셨는데 이미 떠난 꿈
지금 계신 곳을 나에게 알려주시오
꿈에서 이루지 못한 내 사랑
어렴풋이 아니고 생생하게
달 속에 있든 구름 속에 있든
눈뜰 때 오시구려 눈물방울도 말랐소
달빛에 길 물어갈까 발자국도 없이 갔구려
이 적막 속에 있었을까?

# 울지요

떠나는 구름 잡을 수가 없다 없어
아름다운 달이 가슴에 솟네
모래위에 파도처럼 볼 스치듯
지나는 발자국 지워버려
임 오시는 길 아물해라
산언저리 초승달 오시는 길
어두워 둥근 달로 보내시지
사랑의 사연 또 파도가 지우네
깊고 깊은 그대 사랑 파도가 지울까
오늘도 슬픔에 잠겨 울고 있지요
파도가 울지요
기다림에 지친 마음 아프오
눈망울 적시지요

# 쉼

무한정 우울하다
내 인생에 처음 겪는 것
그것이 올 것이다 하고 기다렸을까
땅이 내려 앉는다 하염없이 슬퍼진다
울어버릴까 속내서부터
나를 침몰시킬 작정일까
춘추를 겪으면서 세월을 헤아리면서
처절하게 살면서 내가 여기 있네
나를 마지막으로 몰고 가고 있다
소슬바람으로 가고 있다
연기가 사라지네
구름도 보이지 않더라

# 생각

그때에 왜 나는 참지 못하여
그때는 나와 같은 처지가 아니어서
그때는 정말 미안했어
그때는 네가 아니었으면 했어
그때는 정말 돌이킬 수 없는 후회야
그때는 진정 사과할 것 그리고 놓쳤어
내가 네 뒤에서 뒷이야기 한 사실은
몰랐을 거야 미안해 참으로
뒤에는 정말 무서운 암시가 있고
무서운 위력이 숨어있거든
뒤에는 눈이 없다고
말총을 쏘아선 안 된단 말이야

# 추억

태풍이 휘어칠 때 번개 아슬히 칠 때는
젊음이었네 보슬비 너그러이 맞으며
봄바람 품고 높이 나는 독수리같이
훤히 보며 세상을 누볐잖는가
지배했던 시절 잘 익은 인생
별처럼 많은 추억 하나하나 짚고
되새기며 미소 짓든 세월 속으로
이제 바둑돌 옮기며 쉬어가세나

# 행복

인생의 행복이 있다 없다
오직 행복의 불빛만
지평선 너머에 있는 게 분명하다
그 끝자락에서 반짝 둥근달
휘영청 서광같이 떠오를까 솟아오를까
행복은 꿈속에서 만나는 황홀함일까
가슴이 벅차오르고 기쁨으로 승화되는 순간일까
황홀한 포옹과 가슴이 서로 맞대어 느끼는 환희일까?
행복은 어딘가 거긴가 있을 법하다.

# 어머니

어머니는
하늘나라에서 텃밭을 매신다
무밭 배추밭 어깨가
호미질 힘들지나 않으실까
자식들 보고픈지
하늘 아래로 시선 돌리신다
눈물 머금으시고
더 높은 하늘을 바라보신다
잠을 깨지 말걸

# 봄

하늘과 땅이 다툰다
봄을 가꾸려 태양이 오른다
개화의 천지 사랑초장도
아름다운 꿈을 얻고저
꿀벌들이 윙윙하고 환희다
도전하며 다툰다
세상은 만개하여
가슴속에 꽃을 단다
하늘의 생명수 공평하다
앞마당의 장미꽃 함박웃음 열린다.

# 고단한 삶

시골 농부 허리가 휘어 거북이 되었고
밭에 나와 두렁에 봄을 묻는다
호숫가에서 떠온 반달을 벌컥 마시더니
둥근달 느릿느릿 걷고 있다
잔잔한 밭두렁에 어둠이 내리고
서산에 시집간 딸이 넘어간 길
눈을 떼지 못하고 뒷걸음 한다
동네 굴뚝마다 밥 냄새 품어대니
사립문 여는가 싶더니
흔적이 없이 고달픔으로 묻힌다
둥근달이 보쌈했나 보다

# 그곳에 서서

죽는다는 것은
세상에서 도망치는 것과 같다
인생의 막장을 통과하는 죽음
삶의 맨 끝자락에서
내 영웅적 서사시를 읽고
동방의 나라로 활활 난다
떠날 때 남겨진 나의 뒷길
하얗게 그리고 푸르게 적어다오

# 방황

인생 봇짐 가득 싣고 죽장 의지하고 걷네
골짜기 이르러 큰 산이 가로 막네
산 밑에 안개 내려 그름막이 가린 듯
시선도 가물거리고 등에 맨 등짐
더욱 고독에 잠긴다
나를 찾아 인생답 얻으려 떠나왔지만
산병풍이 가로막누나
외딴 오두막집 사립문 굳게 닫혔고
호롱불 하나둘 먼 불빛이 나를 홀로 세운다
하늘은 산등선을 삼켰고
내가 짐이라 했든가?
두드릴 문을 찾지 못하네

# 낭만

잠시만 조용히 낭만에 대하여
사랑 대하여 아는 것이 없거든
네가 거기 잠시 서있어 주렴
꼭 끌어 안아도 될지 생각중이거든
너도 멍하니 하늘만 봐
귀에 낯설지 않은 사랑 들릴 것 같기만 해서
네 가슴 속에 하얀 밤으로 묻히고 싶거든
우리는 백로 같은 커플일까 혼자서 생각만 했다
둥근달이 사라진 밤이었어

# 아내

집안이 가난할 때는 좋은 아내였고
부자가 되고 나니 옛 아내는 곁에 없다
나의 사랑스런 아내는 넘치는 부에 허적대더니
기름진 음식과 사치로 다 삼켜버렸고
그때 조강지처는 찾을 수 없다
허무한 인생 밭 갈고 열매 맺은
깊이 박혀있는 족적마저 뽑혔으니
손사래 젓고 쓰린 가슴 두드리며
그 까만 손 낚아채 떠나네

# 감사

심어라 나의 말씨를 심어서
이웃을 꽃피게 하고
사랑하고 감사도 나누자
작물도 심어서 꽃피게 하고
열매를 맺게 하면 흐뭇함이
마음속 깊이 감사함을 느낄 것이다
감사는 늘 곁에 있어
내 맘속에도 감사가 올 것이다.

# 깊은 울림

봄이 가면
꽃은 시들음에 떨고
하늘 맑은 골짜기엔
한낮인데 소쩍새 울어 대네
내 가슴속 깊고 깊어 울림이 애 끓는다
내 귀는 동굴 속 향연무대 천상의 연주인 양
내 님 떠난 길 시선주기 싫구나
천잔 술에 젖어 땅북을 치며
등 돌려 이별하네

# 배에 싣고

돛이 빠르니 산이 달리는 듯
배가 미끄러지니 언덕은 저절로 따라오고
타향이라 낯설기만 한데 절경은
굳이 시로 옮겨 싣는다
나 홀로 쓸쓸히 노 젓는 것을
바람과 달이 위로하며
하늘은 구슬을 뿌린 듯 황홀 속에 빠진다
이제 귀로에 선 늙은이
천성의 문을 여누나 나의 쉼터로

# 산

높고 웅장하다 해서
아름다운 산은 아니라
나무가 있기 때문이니
새순 떡잎이 나올 때는 어여쁨
신록이 우거질 땐 시원함과 웅장함
낙엽이 질 때는 아름다움과 쓸쓸함
함박눈이 내려 깨끗함과 절개요
형형색색 희로애락을 주는
시야에 찰 때는 부끄러움
안개 뒤로 숨는 산 아늑하고
웅장하고 듬직한 뒷산은
감격의 세월을 같이 한다

# 늙은이

눈발일까 백발일까
민물처럼 다가와
썰물처럼 앗아가는 세월 속에
번민의 세월 가슴에 가득 싣고
내 창가에는 그믐달만 와있다 갔네
탁배기 같이 마실 벗은 간 데 없고
홀로 앉아 달빛 찾다 밤을 잊었네
벗을 부르자니 늦은 밤이요
요정을 부르자니 술이 바닥이요
연인을 부르자니 청사초롱이 없으니
이 밤을 어이할꼬

# 고향

하늘은 높고 푸르구나
냇가에 송사리 떼 있는데
왜가리는 한 눈 팔고 있네
동산에선 뻐꾸기 연인 부르며
봄 가슴 부르르 떨고
뜸부기 논두렁 누비며 숨바꼭질 연인 찾는데
제비 처마 밑에 집 짓고 연인 부르며 지저귀네
뒷산에 앉아 먼 하늘 바라보네
먼 산에 걸친 구름 속에 내 고향이고
어머님은 빈 가슴만 조이며
떠나지 못하고 아~
내 고향은 언제나 눈물뿐이구나

# 별

먼 하늘인가 머리 위에 하늘
허무한 세상
하늘이 멀어지고 쟁반같이 둥근달
벌겋게 떠오른 밝은 달
요술로 단번에 뿌린 구슬 같은 별
그대 헛기침에 별무리 뒤에 숨어
호젓이 빛 감추고 사랑 속삭임에 밤하늘 긴장하네
샛별 뒤에 숨은 별 오는 밤을 기다리고
지친 숨결 바람에 사라지니 아~ 온다
해도 보지 못하고

# 무제

세상에 던져졌던
너는 꼭꼭 숨었던 땅속 깊숙이
그러나 바삭거리는 빙하의 강한 압박에서
가지가지 찢겨 쭉 금이 간 철벽이 무너진 듯
나에게는 번개 같은 세월을
천천히 더디게 가게 할 수 없을까
내 인생의 어떤 역경일지라도 오지 않게 하시오
내가 만일 그곳에 간다면 이승 모든 곳은 평온하리오

# 조용히 가는 길

또 하나의 시작되는 황천길
저 높은 곳을 향해 오른다
칠흑같은 길 등 뒤에 잔잔히
요단강 흐르고 조각달도 슬픈 가
잠시 왔다 사라지고
잰걸음 잠시 멈추니 하얗게 타던
촛불의 심지 고개 숙인다
뒷산을 넘는 이여 나도 넘게 해 주오
고행길 지팡이도 없구려
구슬픈 노래에 시름 달래네
조용히 조용히 샛별이 길이라네

# 가을 금잔디

가을 금잔디 옛날의 금잔디
뒷동산에 금잔디 언덕위에 금잔디
거기가 금잔디 아롱이며 꿈꾸는 금잔디
엄마 손 잡고 누운 듯 금잔디
그리워라 금잔디 엄마는 마실가고
나 혼자 잠든 누워 본 하늘나라
아내 고향 금잔디 울 엄마 잃어버린 곳
내 고향 금잔디 누렇게 누워있는 금잔디
엄마 손은 있을까

# 방패

아내여 내 빈약해도
당신 뒤편에 우뚝 서있네
하늘이 무너지고 땅이 꺼지는 일
한두 번이든가 내가 옆에 있다네
기백이 꺾이고 백발이 뒤덮여도
뒷모습 초라하고 생기가 퇴색돼도
횃불을 들고 내가 있다오
가슴은 뛰고 불끈 쥔 손
천둥 같은 고함을 치는 당신 앞에서
방패가 되리라

# 봄

내 산 곁에 무엇이 왔는지
내 맘속에 무엇이 왔는지
아지랑이 춤출 때 왔는지
내 걷는 밭길 딛고 왔는지
내 시야에 꽃피려 왔는지
봄을 꼬옥 안아 보고 싶다

거기에 봄보다 더 심근이 있기에
사랑이 있기에

# 내 평생 살아온 길

뒤돌아보니 짧은 내 인생길 숨가빴구나
내 평생 뒷길 돌아보니
가시밭길 슬픔이 연속이었네
못 다함은 하늘이 도운 길
다듬이 밭 눈감은 길 아~
지금 생각하니 모두가 운명인 것을
한 많은 생 어찌 다 못 박아
한 남길까 두렵구나
아~ 짧았던 새벽녘 열다보니
또 닫는 구나 영원히

# 하루살이 정치

하루가 하루 만에 가는
하루살이가 허무하게
낮과 밤 구분이 안 되고 윙윙거린다
기묘한 세상이 여기저기
달그락하면 떨그럭 다 부서지고 깨뜨린다
기묘한 세를 기묘하게 수작 부려
퇴작거리 각설이로 시작하면
곧 피투성이가 된다
봇짐은 쌌는데 갈 곳이 없구나

# 천도 天桃

봄바람 부는데 뒷걸음질 한가하네
짙게 옅게 핀 복숭아꽃 탐스럽게
좁은 길 띄엄띄엄 걷는 소리
머리위에 꽃잎 뿌리는 세월 등짐 무겁구나
봄바람 끝자락 모퉁이 돌면
천도가 주렁주렁 이승인가 저승인가
황홀할걸세

# 고별 告別

첫사랑이 정적을 깨고 흐느낀다
꼭 쥔 손 놓지 못하고
그 삶의 업적을 쓸어
봇짐을 싸 등에 맨다
구름산으로 꿈꾸던 산은 아니지만
장정은 시작한다 곳곳에 흔적들
슬픔을 뒤로하고 고별을 한다
가시밭길 꽃길 고난의 길도 뒤로한 채
구름이 주위를 감싸 호위를 받으며
홀가분 천성길로
하얀 뭉개구름 딛고
꽃가마에 오르네

# 연못 향

밤이 내리니 아침이 깔끔하구나
봄 자락에 연못엔 파랗게 물들고
못가에 작은 초가집 누가 사랑 나눈 듯
속닥속닥 풍기는 향기
초롱불 혼자 자 꾸벅이던 새아침
하얀 밤 지샜는지
해 뜨는걸 잊었구나

# 빈 그릇

깊숙이 숨겨 쌓아둔 보물들
손을 펴니 녹아진다
짐도 가볍고 몸도 가볍고
마음도 가벼워
생각도 어질어지네
뻥 뚫린 가슴은 허전해도
빈 하늘 보고 삶은 아네
두렵다 말고 갈길 재촉하세
왔다 조용히 가네

# 끝자락


촛불의 흔들림은 꺼짐이 부른다
구름사이 지팡이 던지고 앉아 쉬어보렴
말동무 없는 혼자다
그야말로 그 선에서 보렴
혼자서 있어 보렴
그야말로 그 끝에 끝으로 와보렴
그 끝 절의 노래
안녕이라고 하고 사라질 것이다

# 초가집

내 젊었을 때 가라고 소리쳐도
더디기만 가는 세월
나이 들고 보니 번개 본 듯하고
밤이 내리니 아침 깔끔하고
봄 연못엔 파랗게 물 적셔 가는구나
못가에 작은 초가집 누가 사랑 나눈 듯
속닥 소근 향기 풍기며 하얀 밤 지샜는가
초롱불 혼자서 꾸벅꾸벅 졸으니
해뜨는 걸 잊었구나

# 마무리

춘추와 더불어 인생사 하늘 공간에
올려 두 손 모은다 다사다난 했던가?
산전수전 했던가? 이제 바다에 던지고
어디서부터 맞추고 꿰매야 마무리될까 하여
목에 걸린 것 아쉬워 삼키지 못한 것
허리춤에 숨긴 것 꺼내지 못한 것
그것도 뒤로하자 가쁘게 쉬든 숨
이것을 못 놓는 것은 즉
무담시 와갔고 힘든다.

# 잃어버린 벗

벗이 없는 것 같이
외롭고 적막한 것은 없다
우정은 기쁨을 더해주고
슬픔을 덜어주는데
벗들은 다 어디 갔나
모두다 어디 갔어
노인이 돼서야 마음 시리구나

# 인생

푸른 바다에 떨어지는 빗방울에 불과한
인간일 텐데 대장부의 인생사
아침이슬과 같으니 죽고 사는 것은
하늘이 정해진 이치라
거목도 쓸어져야만 하는 철륜은
누가 잡아 멈출 리 없으련만
나는 그것을 염두에 두어 볼일이 없으니
이제 떠나며 이름 석 자 어디에 두고 갈까

# 무제

조각배에 실려 가는
저 초승달아 가는 곳이 어디멘가
내 멋진 인생길 정류소에 멈춰 선다
이놈의 인생을 언제 시작하고
언제 끝내고 내 여기 섰나
희뿌연 안개 속에서 하늘다리 내리고
외롭게 부양되어 오르고
세상사 인생사 모두 문 잠근다

# 나의 한계

세상 삶이 권태롭거나 힘이 들 때
가슴이 답답해집니다
주위의 관심이 가냘픔은
어깃장이 무너지는 아픔
내 사는 것이 흡족하거나
내 사는 것이 불만족하거나
이런 때는 가슴이 무너진다
내 삶이 청년시절과 늙음이 내 탓이라 하며
주위를 당황케 하여 인생을 무너트리는 것은
하나님의 책망과 함께
그대는 서서히 사라지게 할것이다

# 빈 추억

가을이 무르익을 때 신록은 중병을 앓고
사랑과 후회는 시리고 저려온다
계절이 뒤집힌들 모든 공간에
가을은 왠지 슬픔으로 깊어가고
마음속 깊이깊이 박힌 사연과
칠흑의 어두운 밤 매서운 섬광의 빛으로
칼바람 휘두를 때 가을은 가슴 조이며 울고 있다
아롱거리는 사연과 새록새록 담은 추억들
멍든 가슴에 사연 앓고 먼 나래로 구른다
꽃의 생명은 뚜벅뚜벅 추억을 앗아가려 왔다

# 인생

손가락으로 뚫은 문창 구멍으로
신혼의 꿈을 훔쳐 본 순간이
재밌고 두근거리고 무언가 본 듯하고
그 환경을 문틈으로 잠시 즐겼던 것처럼
또한 백마를 타고 가마에 실려
시집살이 하러가는 딸을 부모가 걱정하면
내 또한 시집보내는 딸을 보는 것인데
그 창문에서 문풍지 떨고
오동잎 지나가는 것과 같아
어찌 인생을 잠시라 하는가
번개처럼 지나가느니 앞뒤로 보는 순간
인생의 막이 내린다
그 긴 세월을 어찌 하였는가?

# 풍전등화 風前燈火

요즘 어찌 지내실까
꽃소식 창틈에 들고 향기가 가슴을 찌르네
그대의 첫사랑은 아직도 아직도
달빛 보내주시면 조각배에 실려
내 가슴속 한 자락 남은 첫사랑 실려 보내리라
구름 덮혀 소식 끊기면
그대 앞 자갈길이 모래밭이 되겠지요
나의 지팡이가 몽댕이 되겠구려
넘나든 산등성에 풍전등화랍니다
지친 인생 해는 서등에 지고 있구려

# 길 道

시련은 인생의 소금이다
희망과 꿈은 인생의 설탕이다
꿈을 이루지 못하면 진리로 통해 보면
희망의 길이 나타날 것인데
길이 없으면 새로 내면 길이 되니까
그 길은 내 인생의 신성한
첫길이 되게 할 것이다.

# 동백꽃

동백꽃잎에 새겨진 사랑 편지
뻘겋게 타는 사연 가슴에 싸이고
밤하늘 별들은 하염없이 솟아낸다
눈물은 마르지 않네
구름도 머물고 길손도 멈춘다
하얀 봄에 홍조가 띠고 밤은 깊어간다
눈 내려 하얀 꽃잎에
새긴 사연에 가슴 두근거린다
밤은 사라지고 먼동 틀 무렵
답장은 쓰지 못하고 발만 동동
달님도 구름 속에 사라져버린다

# 길 그 후 세상

청년시절 동경했던 나의 꿈
긴 세월에 늙었구나
빛깔 난 세상을 일궈 빛내려 했지만
팔십 문턱에 이르러 보이는 건 빈손이다
세속에서 들볶다 들볶이다 세월만 갔네
운명의 길 한줌의 재로
티끌도 날리면 그만인데
영혼까지 뿌옇게 재 날리고 혼백되어
나서는 인생 나그네
새 길을 얻을 것인가
지팡이 끝에 풀 날까 걱정이다

# 순간은

찰나의 순간은 번쩍하는 순간
순간 멀리 흘러가는 강물 같으니
어디로 가는지 흔적이 없다
이 세상을 거머쥔들 평생 쥐고 있으랴
다 이루지 못한 삶의 고뇌만 남는다
꿈은 잠시 한 컷의 찰나인데
아쉬움만 가슴에 품는다
노익장이여 이제 멈추게
아름다운 꽃길이 기다리네
걷고 걷다 보니 천국길에 이르렀네!

# 혼자

나는 혼자이다.
저 먼 들에 조그마한 티끌 같은 그런 존재이다
나 하나밖에 없다는 것은 너만 존재 한다는 것
옆에 나무 하나 태어나도 나 또한 혼자이다
혼자라고 하기 때문인가
벗이 하나로 다가와 둘이 되자 한다
가슴 속에 가득 찬 선과 악의 그림자와
나의 선택을 강요하는 이따금 바람이
이따금 광풍이 있을 시 나는 넘어지고 만다
선택에서 실패에서 성공까지 이루리
비 맞은 나그네여

# 요술에 걸린 병

윗 눈꺼풀이 덮는가 싶더니
눈가 미간도 쭈글쭈글 내려앉는다
감겨져 작아져 세상이 작게 보인다
입은 양가로 갈라지듯 흉해진다
꼭은 아니지만 악질로 변하더라
속마음은 어떨까 자연적이다
자신을 비관하는 모습일까
적개심과 분노로 생의 삶에서
인생말로 여기에 이르렀네
나를 덮는 깊은 수렁으로 수직하강 뉘였으니
세상을 덮고 싶다 나를 덮는다

# 친구

친구라고 꼭 불러내고 술 마시고
쭉쭉 마시다가 저 혼자 따라 마시다
저 혼자 중얼거리다 저 혼자 말하다가
벌떡 일어가는 놈! 뒷모습은 말하려다가
눈물 글썽이다가 그렇게 했던 놈
꼭 속 풀러 내놓고 말하려다 가는 그놈
참 빌어먹을 놈 하고 욕한
내가 빌어먹을 놈
어깨 늘어진 놈 나도 그런 놈

# 닫힌 문

어딘가를 가고 있다
소나무 언덕 넘어 낭떠러지 아슬아슬
멀리 보이는 정자 같은 좁고 좁은 길 멀기도 하다
땀에 젖어 걷는 길 산새 울음소리
숨은 듯 세상이 멈춘 듯
오싹 절룬이 온다 목표는 없었지만
끝자락인데 밑은 푸른 바다요
높은 파도가 무언가 묻는다
다 왔는데 하늘문은 보이지 않는다
들어설 문도 없구나
여기까지 만인가?

# 봄

내 숨 속에서 봄바람이 들락날락 풍금을 친다
아득하지만 멀리서 가까이 있으며 맴돌며 지척인다
뻥튀기 소리에 맞춰 그야말로 뻥뛴다
크게 힘 뽑고 한 송이지만 피네 조용히
아지랑이 숲속의 향연에
이웃집에도 한 송이 빵긋 보내왔다.

# 모래성 인생

새벽에 일어나지 않으면
석양이 거둘 것이 없으며
젊어서 고생 없이 늙어 행복은 없다
내일을 미리 보지 말고
오늘까지의 삶을 감사한다
늙은 것을 근심 말고
오늘 사는 것에 감사한다
오래 사는 것은 하늘에 뜻이고
떠나는 것도 하늘의 뜻이다
뒷길은 지워가고 앞길을 여는 것이 인생길이다
모래성은 밀어버리고 이전 미련 없이 떠나라

# 가난

나를 위해 내 가족을 위해
가난을 벗고 싶었다
잘 살려고!
남보다 앞서려고 자식에게 가난을
맡기지 않으려고
그런데 자식들에게 내 인생의 발자취가
어떻게 비치었을까
그것이 두렵기만 하다.

# 음속에 빛

일몰의 향연은 창조자 뜻일까
빛의 교체로 세상을 다르게 보내
편견과 오만도 눈감아주고
속속 빛으로 음습으로 밀려온다
창으로 스며들어 어느 사랑하는 밤
올빼미도 눈을 덮는데
세상을 들썩이며 신문고를 치게 한다
야경꾼이 심야로 사랑은 포근한데
손바닥 뒤집듯 한다
꿈속에서 죽어가고 조각배에 오르다
세상을 지워버렸다.

# 사무침

내 인생이 바람 끝에서 휘날린다
노을 속에 묻혀 사라져도
나의 추억 같은 인생 토하나 버리지 마시오
붉게 물들인 황혼 한 편의 소설 같은데
동강의 흐르는 세월을 어찌 막으리까
가슴속에 철썩대는 파도같이 울어댄다
아파하지 마시오
복받침에 흐느낀들 화살처럼
지나간 세월 달 따라 다음 세계로 가노라

# 짧게 남은 생

산과 언덕 옮겨가니
돛단배 밀려가는구나
세월은 내가 훔쳤지만
강산의 아름다움은 가슴에 담았네
세월은 내가 훔쳤고
나 홀로 즐겼네
들국화 화려하니 가을 문턱이라
높이 나는 기러기가 경이롭구나
온갖 것 다 잃으려 여기 왔던가

# 생의 끝자락

스쳐가는 세월은 이마에 주름
식은 열정은 영혼에 주름지네
내 발걸음은 더디고 산천은 아름다운데
밝은 달 맑은 바람도 청명할 때
한가로이 주름만 세고 있지
세월아 달님아
저 산을 넘지 말고 내 꿈 깨고
인생 지울 때 넘게나

# 숲속의 장미

숲속의 정원의 꽃
가슴깊이 피는 꽃
가엾은 떡잎처럼 슬픔 머금고
가슴에 파고들어 울어 댄다
장미여 어쩌려고
늙다리 가슴에 화살을 쏘아 아리게 하나

# 반딧불

칠흑 같은 밤을 떠난다
영혼처럼 일어나
사랑의 꽃 시들은 나여서
어둠을 더듬어 숲속의 숨은
반딧불 나의 하트 반짝이지 않는다
사랑이 멀어져간다
거품 한 방울이 꺼져가네

# 정 靜

인생이 바람 끝에 휘날린다
가슴 아파 속을 뜯는다
노을 속에 묻혀 사라져도
인생의 토하나 버릴 수 없다
붉게 물들인 황혼이 가슴속에
철썩철썩 파도같이 울어 댄다
촛불은 이미 소멸됐고
한 자락 끝인 생이 되돌아 올 수 없어
흐느낌이 잠든다

# 때 時

다 내려놓아라
세상사 여한이 없으려니
긴장의 끈을 놓을 때
오라함이 있을 것인 즉
가시 없는 마음과 뿔 없는 몸으로
가면 될 것인즉
흥이 있다 해서 갈 수 없는 것도 아니다
때가 됐을 뿐이다

# 믿음

떠도는 말처럼 하늘이 무너진다
소리가 들려도 나의 벗을 믿는다
태양이 구름에 가려 빛나지 않아도
나는 하늘과 태양이 있음을 믿는다
나는 사랑이라도 전혀 느낄 수 없는
간격에서도 나는 사랑이 있음을 믿는다.
하나님께서 침묵하고 계실 때도
하나님을 믿고 하늘 계심을 확실히 믿는다
나는 믿음이 신앙이라 보기보다
신뢰와 정의가 있다고 믿고 산다

# 부활

늙은이가 아침마다 부활한다
저승 가는 사람도 있다면
자다가 일어나면 늙은이의 부활이다
금과 옥을 안고 잔 듯
주위가 휑한가
두리번두리번 하는 것은
어제도 오늘도 부활의 덕
움켜쥐고 부활할 수 있을까?
아슬아슬한 삶에서도 남 주기가 아까워
부활의 행복을 놓치고 만다

# 값

내 이름은 내 것이 아니다
남이 불러줘야 하기 때문이다.
무거운 입에 어쩌다 불리우면
황금처럼 빛나지만
가벼운 입에 놀아나 오르내리면
곡식 부리는 키 위에 오르내린다
내 이름은 오물에 벼락 맞은 듯

# 별나라

별들은 나에게 요구한다
스스로 빛나라고!
멋있게 살고 오라고
벗들과 동심동락 하며
뒷길은 곱게 가꾸고 오라고
은하계에서 기다린다고
그리고 남긴 것 애처로워 말라고

# 이름

이름은 내 것인데 내 것이 아니다
남이 불러줘야만 내 이름이다
무거운 이름 부르는 이름은 내 것이 아니다
정이 가는 내 이름은 가볍게 부른다
나를 벗어난 순간 내 이름을
놓고 가는 뒤가 근심이기 때문이다
무겁든 가볍든 내가 메고 간다

# 원元

스스로 여기에 섰다
높은 하늘도 높은 산봉우리도
바삐 가는 구름도 천천히 가는 구름도
호수에 깊숙이 내린 달님도
주마등처럼 스쳐간 인생길도
나의 인생 경험이었네
황혼길 닻 내리는데
주위는 자꾸 멀어져간다.

# 낙조 落照

능선에 서서 시름에 잠기네
서산 넘어가는 낙조와
부친의 뒷모습이 불타고 있다
멧새가 둥지 찾는 가 부산한데
나 또한 낙조위에 섰구나
해무리 사라지며 인생길도
내려앉는구나
뒷길 지우고 있는 한 인생….

# 두레박

호수에 닻 내려 정박하니
둥근달 호수에 잠기고
화려한 별빛도 흐르네
달빛도 청명하고 바람도 신선하니
내 맘 울적해 이 밤을 어찌할꼬
내 사랑 속삭임도 뒤로하고
둥근달 유유히 서산 넘누나
호수에 두레박 내려 뉘를 찾는가
나 여기 선녀여 여기요!

# 무뎌져가는 내 행복

언제쯤일까 아들의 뒷모습
차가움을 느끼고 미운 곳이 많아 보인다
듬직하든 네가 자꾸 높은 곳으로
산마루 턱으로 넘는구나
안무가 많이 갠 흐려진 뒷모습
나의 기력도 소진되어 가고
아들이 자꾸 멀어져간다.
아득히 아득히

# 몽상 夢想

샛바람 날리는 버드나무아래
버들잎 따다 안주 걸친다
봄에 잠긴 듯 버들잎 물에 잠길 듯
아지랑이 아롱대며 흔들린다
사랑에 흔들리듯 버드나무가지
흔들흔들 애간장이다
술잔에 권할 벗도 없고
벗들은 봄맞이 갔는가
나 홀로 몽상에 잠겨 멀리서
봄이 오며 찾는 이가 나였으면 한다

# 서쪽

눈 깜짝하면 하루가 기울고
늙다리가 서쪽으로 서쪽으로
이뿐이 꽃분이 서쪽으로 가면 시들고
참새도 기러기도 서산 넘어 가면 자취도 없고
인생의 강도 요단강도 서쪽에 있는가?
세상도 지구도 기울어지는가
나만이 기울어져 가고 시들어가네

# 기다려 주

시간과 조류는 기다려주지 않고
시간은 일체의 것을 서서히 무디게 하더니
결국 파괴로 가려하고
춘추는 올바로 오는데 시간은 들쭉날쭉
인간을 파괴하듯 시니어의 등 뒤에
재촉하니 느긋이 멀리하면
심신이 편안할까 하여라

# 파괴로 가든

시간과 조류는 사람을 기다려주지 않고
일체의 것을 서서히 무디게 하더니
파괴로 가려하고
춘추는 올바로 오는데 시간은 들쭉날쭉
파괴하듯 시니어의 등 뒤에서
노크하고 재촉하누나
느긋하게 멀리하면
심신이 편안하여라

# 새싹

땅은 갈고 일구면
새로운 즐거움이
괭이질은 허리 휜다
이렇게 힘들지만
새싹이 쑤욱 나올 때
가슴 벅차고 태양님과
단비는 내 수고를 보상해준다
어깻죽지 뻐근해도
결실의 기쁨이 위로해준다.

# 선녀와 꿈

호수에 닻 내려 정박하니
둥근달 호수에 잠기고
깊숙이 화려한 별빛도 흐르네
달빛은 청명하고 바람도 신선하니
내 맘 울적해 이 밤 어찌할꼬
내 사랑 속삭임도 뒤로하고 서산 넘누나
호수에 두레박 내려 뉘를 찾는가
여기 있소이다
선녀여 선녀여!

# 좁은 선택

늘 태양처럼 불타는 아침을 열었지
가쁜 숨 몰아치고 헉헉거리며
문득 멈춰섰네
벌써였구나 돌아서자
번거롭게 살지 말고
다른 세계로 가봄세
늙지 않은 곳으로

# 가꾸자

그대가 다듬지 않으면
덧가지가 뾰죽해 흉하게 될까!
뒷모습도 곱게 가꾸어 참된 길
어긋나지 않은 길 보일 때
조금 더 살다가 가기로 하지

# 늦가을

태양빛을 퍼붓듯이 장작 불꽃처럼 활활 타오르듯
이글이글 가을이 익어가네
논두렁에 앉아서 손등에 손 올리면 소스라치든
그 예쁜 손 메뚜기 잡아채면서
아 징그러워 눈망울 크게 뜨던 이뿐이
누가 안볼 세라 덥석 잡아 병에 넣고
시치미 뚝 떼던 그 소녀
황금들 하얀 이 그리움이 선하다
백발 돼도 누런 들판은 그대로인데
곱게 늙은 백발소녀 수줍어 담 뒤에 숨네
그 씨앗 촛불은 아직도 꺼지지 않았구나
뒷이야기는 가물거리고 있다.

# 되돌아보니

도도히 흐르는 대하(大河)처럼
버금가지도 못했고
추앙받는 거목(巨木)이 못됐음을
흐르는 샛강만을 보며 살았음을 느낀다
인생길 뒷걸음 칠 수도 없으니

# 봄 春

매화 목련 개나리 진달래
담장 모퉁이 돌아가면
새싹 보리꽃도 푸릇푸릇 물오른 듯 핀다
어름 짝 짓눌려 아파하며 가슴 조였지만
나는 아지랑이 아롱거릴 때
기회 놓치지 않고 당신의 가슴속 들락이며 애태웠었어
한 송이 손에 들었오 봄으로 봄으로
천지에 꽃 뿌리고 나는 당신께
지상에서 천상까지 아낌없이 피게 하리라
사랑의 꽃이여!

# 인생은 단막인 걸

늙음은 몸을 상함이 아니요
인생길을 바로 세워가는 본보기가 아니라
선배는 선배답게 늙은이는 어른답게
세상을 바르게 가는 길을 제시할 것인 즉
떳떳하지 못해 서산 능선의
낙조마루에 서서 발길 옮김을 두려워한다
낙조는 사라짐이요 세상의 이치요
인생의 단막이 내리는 순간을
두려워하지 마라
나는 지워지는 일기장인 걸 하고

# 외기러기

가을은 슬프고 외롭다
창공에 외기러기 날고
붉게 물들인 산기슭에 석양은 저물고
기러기 홀로 임 부르네
흩어진 낙엽도 구슬피 울어댈 때
서산 넘은 달님 부르고 호수에 낙하하며
불러도 불러도 사랑은 오지 않네
까만 밤 하얗게 달빛은 울어대고
낙엽이 뿌옇게 물들 때
황혼이 저 먼 곳으로 사라져가네
외기러기 울어대며

# 서쪽

서쪽으로 기울면
생존의 나락은 아니요
붉은 황혼은 잠시 사라지다가
또 내일이 옴이요
검게 어둠으로 묻어버리지만
일출은 세상을 깨우고
생존으로 부활한다
서쪽으로 기우는 것은
인생의 마무리다
황혼의 둥근달
서쪽으로 서쪽으로 기울어간다

# 구름은 나였나

일평생을 다 바쳤는데
보람은 사라지고 공로는 물거품이었네
천만년 살 것 같이
어마어마한 세상 가진 사람
하루아침 구름처럼 사라지지요
세상은 영원한 것 없다
이제 폭풍 없는 세상 가더라도
미련은 뒤로하고 가시오
이 모두가 바람 같았소이다
인생사 구름 한 조각 사라짐이다

# 가을

허둥대던 삶이 가을비에 젖어든다
낙엽 뒹굴던 작은 초가 옆에 서 있어봤는가
낙엽 지는 가을 작은 길손이 되어보았는가
혹여 연인과 함께 낙엽 지는 오솔길을 걷고 있는가
하늘을 우러러 낙엽 날리는 그 천지의 창공은 어떠했는가
하늘이 무너질 것 같은 이별의 소리에 이 길을 갔었는가
사랑이 두 쪽 같은 느낌으로 가슴이 뚫리는 아픔을 느껴 보았는가
그 순간을 참아 보았는가
낙엽도 나도 가을을 뒤로 하고
천성의 계단 앞에 들어선 인생아
지도 사라지는 하염없는 길손들아
하늘은 무너지고 있다네

# 흩날린 생

백 번 울고 천 번 자지러진 삶
뒷길 돌아 추억을 회상하며
고난의 길 멀고 멀었는지
걷기에 지친 인생
애절했던 지난 세월 모두가 헛것
세월은 잡을 수가 없으니
가을 잎을 어찌하랴
주막집 지나치며 갈증은 어이하랴
바람에 날린 청춘 인생도 날렸네
꽃 피고 새 울면 영원히 나는 가네

# 나팔꽃 안녕

나팔꽃이 피었습니다
아동들의 노래가 귀에 쟁쟁하다
꼭 다문 입이 쩍하고 핀다
싱그러운 아침에 나팔을 불어댄다
끼리끼리 입 맞춰 불어댄다
꼬마는 토라져 나팔에 못마땅한지
빰빰빰 입으로 나팔 분다
내가 미워 시선 돌린 걸까
꿈동이 일어나라 엄마가 나팔 분다
우리 집 아침은 나팔소리에
아빠의 함박웃음으로 나팔 분다
석양에 불 수 없는 걸 모르니
나팔꽃은 시름에 잠긴다.

# 사랑

우정은 태산이 가로막아도
그리움 호수 건너 아득히 있어도
우레와 번개로 아이 소낙비도
멀리 아지랑이 가슴속에서 아롱이네
우리 사랑은 강을 건너니
아늑한 포옹으로 기쁨의 눈시울이
새벽을 멈추게 하여 사랑만 울고
그대로 말없이 떠났네
아~ 내 사랑이여

# 하늘

나의 젊음의 하늘은 실망과 저주로 가득하였고
나의 장년은 요동의 세상이였네
나의 늙음의 하늘은 나의 꿈을 실현시킨 하늘이었지
나의 인생의 귀로가 기적의 하늘이다
이제 순연의 하늘 앞에
거룩한 하늘나라에 안기겠노라
이것은 오직 하늘에 뜻이었으면

# 귀곡길 鬼哭道

나의 세상은 이미 기울었고
목전에 다달아 잠시일 걸세
황혼이 온들 슬픔만 잃겠는가
어찌 울어버리랴 모두가 가는 길
어찌 흘러간다 하나요
다시 못 올 그 먼 길은 우르르~
하늘은 천둥번개 벼락으로 물든가
땅은 내 갈 곳 조용히 문을 닫세
조용히 조용히 슬피우는 뒷소리 저으며 가세

# 호수 속의 소년

가랑비 내려달라 연못에 부탁하고
봄아~ 산들바람은 나무 끝에서
파란 하늘은 연분을 띄워 보내고
꽃 웃음소리는 잔잔하고 함박웃음 보내네
새는 울어도 눈물은 보이지 않고
지저귈 때는 내 맘 애타게 하네
살랑살랑 봄바람은 나무 끝을 줄타네
내 사랑 쫓으라 하고 연못에 조약돌 던지네
호수에 조약돌 던져 내 사랑 부르고
호수 속에 달님 미소 짓고
잔잔한 파도 띄웠는데 멀리서 들려오는
내 사랑의 울음소리 같아서
이미 나는 목메어 울었단다

# 사라진 생

세상을 휘집고 삶의 흔적 같은 것은
어디에도 없고 비바람에 찍힌 듯
가슴 속엔 화살자국 마음 속에 가두려
만고(萬古)를 움켜쥐고
한적한 곳에서 나태에 빠져 춘추와 싸웠노라
매화의 향기 때문에 가을 잎은 잊었노라
억새 바람 치는 언덕에서 쓸쓸히 사라지네
갈대 잎 숲속에서 조용히 그 인생 사라지네
으악새 회호지로 구름 타고 사라졌네

# 봄

꽃 피어 아름답고
낙엽지면 허무하고 쓸쓸한데
세월만 유수와 같이 흘렀네
봄바람 불어 예쁘게 살게 하고
모진 세월로 인생을 겪었네
아름다운 사랑 인생이 익어갈 즈음
호수에 비친 달님처럼 잠시 뜨고 사라진
이렇게 살게 하고 내 평생 첫사랑
영화가 무엇인지 모두 모두 거두려하네
봄 오기 전에 영원히 사라지라 하네

# 해변의 대화

노을 속 모래 마루에 굴러온
작은 하트들 그 여름날
기다림이 아파서 파도 소리
석파에 휩쓸리네
한 알 한 알 볼에 부비고
희희락락 보조개가 구른다
하얀 조개껍질 뽀얗게 내놓고
너에게 미소 짓는 햇빛이 예쁘다
기쁨은 떠나고 너네들 우는지 웃는지
잔잔히 멀리서 들리는 구슬픔
뒤돌아 맨발로 내 사랑 지우니
파도가 쓸어간다

# 사랑의 파도여

석양물이 붉게 물들 녘에
개울물 쉬지 못하고 흐르고 흐른다.
개울 건너 늙은 아낙
길손 불러 건너려고 들릴락 말락
손짓하며 목이 메인다
벌써 저녁노을 깃들어
개울 위 외다리 사라져가네
지팡이 딛고 마중가는 늙은이
이제야 반 건넜는데 위태롭다
깊은 산 깊은 숲 그림자도
졸졸 위에 잠시 멈춘 경치는
외다리와 함께 사라지는데
늙은이와 지팡이는 더디기만 하네

# 첫 문

하늘 문이 사계절로 열릴 때
먼저 봄(春)이였으니 모든 만물들아
깨어 일어나라 잎 틔우고 꽃 피어라
모든 인간들아 기지개를 펴고 들에 나가라
내가 너에게 주려는 것이 많으니 열심히 수고하고
가을 되면 결실을 거두거라
하늘의 운영에 묘하고 감탄하여 감사하여라

# 저능아

내 말이 바닥에 뚝뚝 떨어지고
쓸모없는 구슬이 뒹군다
체면 자존심 따위를 누가 거두어 줄 것인가
인생의 삶들이 송두리째 무너지는 순간들
인생의 견딤에서 서광을 과연 찾았나
생명 나타나면 질서가 반드시 이루어진다
사람은 인생을 통하여 완성되는데
황금만 쌓기 위해 애간장 녹이지 않았는가
눈동자를 잃어가기 시작되는데 움켜쥐고
인생의 하역장에 도착 황금만능의 삶이
뒤는 폐허로 만들고 다 이루었다 하는가
하늘에서 별이 질 때 나의 모습이라 할수 있을까
화려한 인생이여 두고 가는 순간까지도 뒤돌아
보지 말게나 그렇게 살았으니

# 사면 赦免

죽음에서 관대하지 말라
죽음에서 숨 고르기를 말라
죽음에서 뒷머리 굴리지 말라
죽음에서 시선 고정하지 말라
살면 복이 천근이지만
죽으면 죄가 천 가지가 된다

# 떠난 슬픔

가을이 무르익을 때
신록은 중병을 알고
사랑과 눈물과 아픔만 가슴에 안고
내 청춘 거두어간다.
꿈과 정열을 앓고
모진 인생과 축제를 가슴에 심고
잠시 핀 창공의 구름처럼 떠나가고
내 사랑 가슴에 안고 사라지네
그의 애곡함을 어찌하리

# 빈 꿈

만추의 가을은 해마다 온다
무정한 기러기 강 위에 뜨면
어쩌다 지저귀며 둥근달에
과녁을 맞추며 날아가고
붉게 물든 낙엽과 가을소식을 가져오더니
꼭꼭 눌러쓴 사랑의 편지는 가져오지 않는다
둥근달 가로 질러 지나오면서
내 살던 고향 그냥 지나쳐 왔네
호롱불 봉창에 사립문 비쳐질 기러기
구름사이로 사라지고 조용한 내 고향
창공에 뜬 조각달 사라지니
멍멍이 허둥대며 짖어댄다
새벽꿈에 잊은 고향 갈 곳 없어라

# 용광로

나의 심정을 용광로에 던진다
시뻘건 용광로에 업보는 불에 태운다
벗들의 오해와 응어리
그리고 시기했던 것들 불에 태운다
참삶을 살라고 권유했던 이끌어준 분들에게
고개 돌린 것도 불태운다
가슴에 쇠사슬도 벗어 용광로에 던지고
참된 인생의 길로 가련다
내 인생의 뒷길에 가시넝쿨도 다 불태우련다
밤하늘의 별들처럼 많고 많은 사연들을 가슴에 묻고
용광로를 향해 뛰어 던지련다
꿈에서 온 그 환상 그 꽃길 따라 걷고 걸어
두 발에 사슬이 풀릴 때까지
그곳을 향해 가려하네

# 고향 편지

온통 붉게 수놓았네! 강에 뜬 기러기
낙엽 소식 가져오고 슬픔도 가져 왔네
쓸쓸함도 가져왔고 꾹꾹 눌러쓴 고향 편지
사랑의 편지 기다림!
남쪽 땅 가로질러 지나왔던가
내 고향도 그냥 지나왔네
하얀 구름 사라지더니 아득히 멀어지고
조용한 창공 울며 지나더니
조각달 보름달 보고 내 고향 멍멍이 짖어댄다
새벽꿈에 찾은 내 고향 오늘도 석양만 바라본다
쓸쓸히 산 넘어가는 기러기

# 산길

보고 싶어 기다림이여 찬란한 햇살
아침이슬 거두려 산기슭의 밑자락
가슴을 섬광같이 찌르는
산세길 길목에 우뚝 선 소나무
휘감겨 묶는다 가지가지 산새들
광명에 날고 동냥 갔던 멧토끼 부지런히 뛴다
오늘은 매일 산책하던 달이 천성에 이르는 낙원이로다
가는 세월 시름에 젖지 않고
가는 세월 붙들고 싶지 않네
연줄 놓아 곧 그곳에 이르겠노라고

# 위인

진정한 어른은 자신이 어른이라며 상석에 앉지 않는다
늙은이의 교만은 내 뜻이 맞다 하며 우겨대는 것
위대한 위인은 주위에서 만들어 내는 것이지
스스로 위인 자리에 앉는 것이 아니다
제일 추한 위인은 남의 말을 듣지 않고
자기의 말이 하늘의 음성 하늘의 뜻으로 내세운다는 것
위대한 어른은 겸손이 신체에서 줄줄 흘러
내 곁에 앉아주는 것처럼 그 느낌을 줄 때
주위가 스스로 고개를 숙여 예를 올려 받는
그분이 어른이시다.

# 작은 소망

아들 뒷모습이 언젠가 미운 곳이 많이 보였다
듬직하든 내 자식이 자꾸 높은 산마루턱으로 넘어가버릴 듯
안무가 많이 끼어 가려질 듯
거센 바람이 등 밀고 총총 사라질 듯
꿋꿋하든 나의 기둥이었던 젊음의 꿈은 한 짐이랬다
기필코 이루려하면 결실은 오겠지만
만족을 끝낼 줄도 알아야 한다
그래야 행복을 주섬주섬 걷을수 있다
어느 날인가 생각이 떠오르겠지
그러면 찾는 보물은 바로 네 앞에 있다
내 품에 안고 사랑을 가르칠 때
방긋 웃던 네가 그립구나

# 화 火

귀를 통해 들어오는 붉은 쇳덩이가
하나씩 하나씩 가슴 속 깊숙이 쌓인다
저장고가 부족하면 더 깊은 곳에 선반위에
꼭꼭 접어서 나열하였지
언젠가는 하나씩 꺼내서 선수가 원반 던지듯
이 악물고 상대를 향해 힘껏 던질 무기다
그 악랄하고 저속하고 분통터지고 이를 뿌드득 갈고
눈 부라리고 고만고만 한 것들이
내 속에 하늘의 별들처럼 많고 많다
그는 높은 산에 오르고
속에 있는 물 덩이 하나씩 꺼내어
허공에 날리고 쉰 목소리로 다 던졌다
목청이 터지더니 또 하나의 인간이 태어났는지
산을 내려와 속알맹이 없는 멋진 남자로 내려왔다

# 봄이 오는 소리

해빙이 우는 소리 봄이 오는 소리
해가면 고요로 꽃봉이 속닥이는 소리
덕담 쏟아지듯 꽃봉이 퍽퍽 터지는 소리
아지랑이 들에 아롱인다.
새싹 오르는 소리 가슴이 벅차오른다.
심금(心琴)이 울린다
시니어의 심장박동 소리도
천둥소리 같구나

# 어머니

나는 우리 어머니를 이 세상에서 제일 보고 싶고 존경하고 사랑합니다
나에게 생명줄로 묶어주시고 젖줄로 나를 키워주신 어머님을 사랑합니다
나에게 사랑하라고 사랑을 꼭 끼어 안고 볼에 맞추며
기뻐하신 우리 어머님을 사랑합니다.
내가 걸음마를 한발 뗄 때 크게 놀라시며 기뻐하신
우리 어머님을 사랑합니다
나를 등에 업고 밭일 할 때 뒤돌아보시며 까꿍까꿍 하시며
내가 심심하지 않게 하며 동네 어른들께 늘 나를 자랑만 하던
우리 어머님을 또 사랑합니다.
걸음마로 이 세상을 시작할 때 사랑의 손길로 잡아주시고
넘어져 울 때는 우리 엄마도 안쓰러워 같이 우시던
우리 엄마가 보고 싶습니다
길가에 노닐 때면 눈을 떼지 못하시고 깜짝깜짝 놀라시며 가슴 졸이신
우리 엄마를 사랑합니다

우리 엄마 제가 등에 업고 세상 구경시켜드리려는데
우리 엄마는 이 세상에 안 계십니다
아무것도 해드리지 못한 아들은 주르륵 흐르는 눈만 가리고
가슴 아파하며 통곡하고 있습니다
우리 어머니 보고 싶습니다

# 몽상 夢想

거울은 나를 보지 못한다.
나를 들어낸다는 것은 부끄러움 있기에
인간은 항시 숨겨둔 것이 많기 때문이다
끝과 끝이 있다 해서 꼬리를 잘라버린다 해도
빼꼼히 들어날 때 몽상이 되지요
들에 꽃이 피듯이 인간의 마음속은
언제나 꺾여 있고 깊은 마음은
깊은 뜻으로 피게 하는 자연 같은 것
가물어서 새싹이 돋듯이
인생은 언제나 새털 같은 구름위에
묻히고 싶은 깊은 뿌리의 소생에서
여기 헤어남은 몽상이 아님을 느끼고 나는 헤맨다.
낫으로 가지 치듯 벗기면서 삶이라 하고
칼날 같은 작두꽃을 딛고 나를 찾는다.

# 참

참이 그대에게 있다면
참이 부끄러워질까 하네
참이 이웃에 산다면
참은 내 집에도 산다
참은 하늘에서 내려와
참이 되는 순리인데
참은 움직이지 않네
참은 그곳에 머물며
나만 진정한 참이라고
참을 나무랐다

# 눈사람

지난날은 거두절미하고
장차 올 날도 토막 나있다
백년인생 돌이켜보면
전광석화와 같은 것
귀한 사람 높은 사람
부자들도 마침내 쓰러지고 사라진다
어찌 사소한 말씨 하나로 사생을 다툴까?
세월이 흐르듯 구름 흐르듯
별똥이 지듯 사라지는 인생인데

# 메아리

쓸쓸하고 외로운 쇠약한 노인
얼굴에 더 구겨질 곳 없이 주름이 앉는다
아이가 어른이 되고
봄이 꽃피어 낙엽으로 사라지는 인생
덩그러니 홀로 서서 옷깃을 여미지만
어느새 세월의 그늘이 내 곁에 엄습한다.
여기가 심산인데 하늘 문은 열려
물러설 수 없는 순간이라
되돌아갈 수 없으니 이제야 유서를 쓴다.
인생은 다 똑같단다 이 소리가 메아리칠까?
이 소리가 메아리로 퍼진다

# 내 사랑

전화를 받지 않으면
내 사랑 속삭임이 방해될까 꺼놓고
단둘이 입맞춤이 있을 것이니
그리 아시게나

모임에 내가 나타나지 않으면
내 사랑 손잡고 앞 담벽 모퉁이 지나
냇가 징검다리 건너 도란도란 속삭이며
꽃구경 간 줄 아시게나

서산에 낙조가 더욱 뻘겋게 불타오를 때는
내 사랑 품에 안고 내 청춘 불태울 때처럼
사랑을 나누는 중이니 저 해무리를 사랑의
눈빛으로 동경하는 마음으로 보시게나

혹시 낙조 뒤에 포옹한 그림자가 남거들랑
아직도 내 사랑 식지 않았고
가슴 뛰는 소리 쿵쿵 들리거든
조용히 한발 물러서서 들으시게나
사랑이란 이렇다 말하고 싶네

# 빈 마음

하얀 구름과 마주하니 달이 솟아오르네
높은 산 빈 산같이 울어대듯
고독이 내 가슴에 침몰한다
내 어디에 마음 둘까
대장부 가슴에 꿈만 출렁인다
빈 하늘, 빈 세상, 빈 가슴
모두 빈껍데기
가벼이 구름에 들려 오른 듯
눈시울 덮으려 하는가
천상의 은하강에 오르려 하네

# 손

예쁘고 꼭 깨물고 싶은 손
커가며 미워졌어도 꼭 잡고 싶은 손
어느 순간인가 놓쳐버린 손
이제 다시 붙잡는 게 거북한 손
멀리서 붙잡아야 하는 손
가까이 오길 기다리다 포기한 손
놓기 싫어 꼭 잡았던 손
눈 감으며 구름에 실려 천천히
꽃가마에 오르며 내려놓은 손

# 샛바람

천천히 새 옷 가려 입혀가며
아침저녁 매만지며 부벼대며
무엇 하나 더 줄세라
텃밭에 가지, 오이, 파뿌리
툭툭 털던 우리 엄마
저녁상 푸릇푸릇 사랑인지 꽃밭인지
이제야 울 엄니 발자국소리 들린다.
샛바람 불 때면 귓가에 날 부르는 소리
이제야 들린다

# 사랑

봄바람처럼 고운 마음을
가을 산 붉은 단풍잎에 젖어서
티끌에 물들지 않게
백옥같이 닦아 인생이 지난 세월은
낱낱이 적어 깨끗이 씻은 마음을
샛별에 부탁 보낼까 하니
벌써 동이 트네요
정월대보름 밝게 오실 때
둥근달이 사연 적고 밝게 살았나를
적어 보내겠네
나의 인생은 다 소진되어
남은 건 사랑뿐이였기에

# 깊은 사랑

내 사랑은 하나밖에 없을까
사랑과 미움이 서로 다투니
심경이 너무 아파한다
애태워서 무디고 가냘파서
사랑이 가슴 깊이 내려오는데
벌써 인생이 끝나가는 가 하였네
사랑은 이렇게 아프고 어려울까
아직 그대는 나와 같은가?

# 업보

천둥 번개 요란해도 하늘 무너질까?
별과 달이 선명한 저녁 은하강 태평하듯
세월은 나를 뒤로 하고 둥근달
도롱쇠 되어 하얀 구름사이로 흘러간다
늙은이의 발길은 무겁기만 하네
세월 내딛는데 발길소리 들리지 않고
뚜벅뚜벅 기억으로 옮겨간다
은하계단 오르려 문앞에서
나그네 뒷짐이 한 짐이네
영광일까 업보일까 하여라

# 옹졸한 늙은이

말년에 많은 돈 쓰지도 못하고
옹졸한 늙은이 내놓을 만한 것
쥐뿔도 없으면서
큰소리 치고 살아온 허풍쟁이
손바닥 딱딱 긁어 쓸어 쓰고간
늙은이 손 털고 후련하다네
옹졸한 늙은이 쓰지도 못하고
아까워 눈 못감는다네
곡간에 통장에 많은 재산
유언조차 못하고
아까워서 눈 못감는다네
아~ 기구하다 불쌍하다.

# 버들 꽃

실버들 바람이 훔쳐간 인생
버드나무 솜틸 꽃 날리는 세월
나도 어디론가 가야 하는데
나비처럼 훨훨 날아 내님 찾아 나섰네
요동의 세월 모진 바람
내 인생 같구나
처량한 조각달 구름에 가릴 때
그 생명 다하고 뒷 바람도 동력 잃었네
개똥벌레 나를 밝혀주게나
나는 소복으로 갈아입고 휘날리며
나는 저물어간다

# 새벽녘 靜

하늘은 잠시 주무시는 듯
별마다 눈꺼풀이 꿈뻑인다
이따금 유성(流星)이 쏟아져도
고요를 깨우지 못하네
달님은 말없이 조용히 걷고
이따금 솜털구름 바람에 스치듯
가는 길을 막지 못하네
잠든 별들 하나하나 입술 맞추면
깜박깜박 스르르 청사초롱 끄듯하고
계수나무 밑 절구소리도 잠재운다.
정안수 떠 장독대 올린 올 어머님
촛불 붙이며 손바닥 민둥되었네
이 자식 잘 되라 무릎이 절도록

# 미지의 세계

삶의 항해가는 곳 어느 곳인지
맥박소리가 무덤을 판다.
곡괭이 소리 쿵쿵 더 가까이
무거운 짐 메고 걸어온 길
힘들었던 가 쓰러졌던 가
인생길 뒤로하고 파도가
하나하나 지워온다
그곳 안식처에 쉬고 싶어
고개 넘어 무엇이 있든 없든
하나의 존재로 삶의 기록을
뒤로한 빈 마음, 빈 하늘
노을처럼 살고 싶었는데
아쉬움만 남는다

# 종점 終點

살아옴을 기억에 잠기나
마루 기둥에 기대서면
먼 산도 내 것이었다
아지랑이도 신록의 웅장함도
서릿발과 엄동설한도
지나가는 것을 그렇게 미련인가
등에 메고 가지고 갈 것도 없다 하니
먼 산이나 눈에 넣고 가려무나
샛길로 걷다보면 높은 능선길도 있으니
시원한 바람 눈에 넣고 가시려무나

# 향 香

꽃길을 걸을 때
아름다움을 느낄 때
그때가 인생의 만개 시절
지는 꽃 떨어지는 낙엽
앙상히 남은 나뭇가지
모양새가 더 아름답다.
슬픔을 한 아름 안은 삶 같구나
시한수 입술에 머금고
향기 나는 세상 구린내 나는 내 입에서
향기를 기대하며 잠시 머문다
그리고 눈꺼풀 내리며
그 넘어 또 넘어 꼬부랑 등허리에
뒷손 올려 별 하늘 문 앞에서
더듬거리고 있는….

# 가을

가을이 익어갈 때
가을나무는 중병을 앓는다
하늘이 무너지며 아픔이 전해 오고
그 생을 다 할 때도 계절이 뒤집힐 때도
가을은 슬픔만 남긴다
세월은 긴 불 지핀다
깊어갈수록 심근은 더욱 떨리고
가슴 묻힌 아픔 겨울 칼바람에 흩날리고
멀어져간 추억들 마지막 잎새, 최후의 잎새
갈 곳을 잊었다. 세월을 기다리지만

# 인생

도둑놈에게 가장 힘든 게 무엇인가
하고 물었더니 도둑질이 가장 힘든다 한단다
세상사는 사람들에게 가장 힘든 게 뭐냐고 물었더니
먹고 사는 게 제일 힘들다 한다
그래도 인생엔 버들잎에 봄이 오고
신록의 숲이 있어 향이 있지 않은가?
희망의 가을걷이, 추수의 기쁨이 있지 않은가?
발 쭉 뻗고 아랫목 누워서 천정에 희망을 적고 있지 않은가?
계절에 꿈을 싣고 논밭에 꿈을 뿌리세
요즘은 귀농이라 한다지만
흙으로 갖고 흙으로 얻고 흙으로 인생을 얻는다네

# 기러기

천년동산을 타고 오르는 듯
기러기 호수 속에 울며가네
가는 곳이나 알려주게
흐릿한 둥근달에 화살 꽂듯이
천성문도 가로 지르네
나 살던 고향으로 가는가
창문에 비친 달빛으로 내 사연 던져주게
나도 곧 기러기가 되어
창문 옆에 지난다고 그림자 비추거든
꽃다운 나이와 겨룰 생각 잊었고
전해주시게나 나도 정처 없이 간다고

# 종점 終點

조용히 앉아 있으면
시선마저 흐림이 온다
늙는 것일까?
인간이 현명해지는 것은
경험에 의해서가 아니라
경험이 대처하는 능력에 따라서이다
자신이 가진 능력과 재질은 힘껏 발휘하여
변화무쌍한 이 세상에서 살아남을
가장 튼튼한 기초 재산은
오로지 자기 스스로 대한 믿음뿐일 것이다
젊었을 때 열 번 실패했는데
나머지 한번이라도 성공을 했는지 기억조차 없다
나는 뛰고 새벽에 일어나 곧 질 초승달에게
간곡히 기도한 일은 한 두 번 있었다
둥근달이 떠오를 때는
내 갈 길을 알려달라고 빌어볼 때도 있었다

세월이 나만 이롭게 돕는 것은 아닌데 하고
벌써 여기까지 와서 보니
성공은 너무나 버거웠다
내 뒤에 남은 무구한 삶의 흔적들을
다 지우고 싶은 심정만 남아 무겁고 버겁기도 하지만
내 인생의 추억들로 삼고 다 덮으며
훠이훠이 손사래로 지우고 떠나고 싶다

# 꿈

어느 늙은이가 세상을 하직하고 하늘나라로 가는 길에
뿌옇게 안개인지 천상 같은 분위가 있어 들어가 보니
사람들인데 모두가 형상이 괴팍하고 험하게 생겨
여기는 별세상이다 하고 두리번거리는데
네 차례야 하고 호통쳐서 바짝 긴장하고 앞으로 나가니
네 이놈! 하고 책망한다
내가 세상에 내려 보낼 때
노트 한권 주어 보냈거늘 하얀 백지만 들고 왔느냐 한다
나는 백지를 들고 간 것도 아니고 숙제 받는것도 없고
뚱딴지 같은 말이다
이 늙은 몸이 숙제는 무슨 하고 얼버무리니 다그친다
네놈의 인생사를 여기에 적나라하게 기록해야 하는데
한 장도 쓴 흔적이 없지 않느냐
저는 많이 적어오려고 모진 고생 험한 세상 적을까 했는데
적어볼만한 것이 없어 그냥 왔지요!
잘했다 빈손으로 보냈으니 당연하겠다

# 세월

부부라는 것은 쇠사슬에 함께 묶인 죄인과 같을까?
그래서 발을 맞춰 걸으며 인생을 같이 해야 하는데
같은 목표, 같은 생각 동등하게 같이 할 수는 없을까?
같이 즐겁게 사는 것이 인생의 가장 큰 행복의 일 것이다.
허나 이제 늙어보니 사랑, 소망, 기쁨, 기력, 욕망 다 소멸되고
갈 곳마저 벗마저 없어져 이것은 내가 미련한 깊은 웅덩이요.
당당한 기백은 다 어디가고 축 늘어진 어깨의 뒷모습은
저 텅빈 하늘에 떠 있는 한 조각의 구름 같구나
계절은 어김없이 오듯이 바야흐로 비켜갈 방법이 없는 인생
마지막 잎새 한 잎이 가을이란 미명아래
때로는 어귀를 휘도는 칼날 같은 바람에 잘리고
때로는 사뿐사뿐 향이 담긴 떡잎같이
아름답고 우아하게 내려앉은 이런 인생도 있어
서막이 엊그제 같은데
이제 인생길 서서히 내려놓아야 한다네
한평생을 세월을 붙잡지 못하였기에
유수와 같아 인생길을 서글퍼 하였더라

# 헛꿈

해와 달은 천년의 거울이요, 강산은 만고의 병풍이로다

동과 서는 해와 달의 문이요, 남과 북은 기러기들의 행로로다

그 사이길로 봄, 여름, 가을, 겨울 세월을 지나게 한다

등촌에서 강산을 넘는 태양의 여정이 시작되면

곧 서산에 닿고 달님은 바람서리 흐르듯 경치에 저물고

집집마다 헤아려 달님의 그림자를 고요한 뒷산에 부른다

소쩍새 가락 천지를 띄우고 하늘의 별들은 선택받기에 아우성이다

나의 벗 창가를 노크한다

창밖의 소나무 잠못 이루는 나를 희롱한다

허리 굽은 인생길 낱낱이 드러내서 하늘을 열게 하여

나는 헛되이 헛꿈을 오늘에야 깼다

이제 조용히 사라져 샛별이 되리라

모든 수심 다 거두고 지금부터 여기서 세상을 열 것이다

# 꿈

우리 어머님은 아주 멀리 아버지 만나러 가셨다
기도가 잘 되셨는지 그렇게도 부르셨던 아버지
너무 멀리 가셨는지 되돌아오시질 못하신다
약속이 되셨나보다 이제 내가 기도문을 손질한다
어머님 만나게 해달라고 아버지 하고
그 많은 별들 속에 울 엄니 찾으러 갈 때다
다만 엄니 드릴 것 좀 넣고 여행비라도 챙겨가려고
울 엄니 사진도 챙겼다
새벽별 차선은 놓치고 조각배마저 놓친다
구들장이 차갑다. 해가 중천이구나!

# 기러기

해마다 가을은 가려 오는데
편지는 가져오지 않는구나
고향의 기러기 높게 날아
분별 어려워 머리 들어 찾으려 했지만
만추를 즐기느라 줄을 짓지 못하고
어쩌다 슬피 지저귀다가
둥근달 산봉우리 등에 업고 넘어가더니
그 뒤엔 고향 소식 듣지 못했으니 아~
고향 사립문만 닫혀버린다.

# 개똥벌레

천성문이 열린 듯 작은 빛들
개똥벌레 자신을 밝힌다
누가 지휘하지 않지만
합동으로 합창으로 숲속의 개똥을
작게 아주 작게 아주 조용히
연주가 시작하고 사랑의 멜로디로….
칠흑 같은 조용한 밤 별들도 길 잃은 밤
사랑의 속삭임! 동방의 동이 트면
이별의 연주로 조용히 흐느낀다
이루지 못한 사랑 가슴 졸이며
조용히 개똥불 사라진다
다시 만날 기약이나 했을까?

# 동무

뉘엿뉘엿 낙조가 드리울 때
동무들 꼬리 감추네
헉헉 내뿜는 굴뚝은 아빠의 담배연기 같구나
가오리연 방패연 물래도 내던지듯 등에 업고
배고픔에 사립문 박찬다
아궁이에 부지깽이 불꽃 감듯 춤춘다
솥뚜껑 화통소리 들썩들썩 하얀 거품 내뿜고
구수한 시래기 하얀 밥 속에 휘적거리네
내 새끼 한 그릇 울 아빠 뒷산 옮긴 듯
수북이 꼴깍 목젖이 즐겁다

# 울 엄니

물동이 머리 이고 일어서실 때
뚜가리끈 입에 악물며 휘청이던 그 모습
새다리 같이 앙상한 울 엄니 가여워
꽃다운 청춘 이렇게 사셨네
울 엄니 꿈 자식이 빼앗고
이마에 구슬땀 이 몸이 핥아먹고
아플세라 허리 핑계 대며
하늘 보고 아이고 옷소매 눈을 씻네
울 엄니 꿈 뜬구름이 휘날렸다
그 길이 옳았을까 왜 그렇게 사셨을까
이렇게 날 울게 하려고 그렇게 가셨을까

# 이슬

저녁 바람 나지막하게
석양의 솔솔 부는 바람에
은빛 카펫을 깔고
삽시간에 물안개 뒤덮는다
홀연히 나타난 숲속의 기이형상일까
뒷모습 찰싹찰싹
긴 옷깃 뒤로 파도가 인다
수풀의 달빛은 나지막이 뒤로 하며
물안개로 커튼을 친다.
순간 천사가 내려와
나무꾼이 두려운 듯 물안개 속으로 숨더니
곧 달빛 타고 하늘에 오른다
천사의 계시가 망울망울 입에서
구슬 같은 이슬이 함몰되더라

# 떡잎

아주 깊고 깊은 겨울잠에서
으스러지게 아픈 가슴 내밀어 봄의 향기
아지랑이 목 조른듯 위아래서 파르르 질식한다
떡잎은 소스라치고 불과 며칠
사랑을 얻기 위해 청순하고 가냘픔을 요구하네
햇빛 솟아내고 입술 데이고
봄의 향은 아름답다 했네
살 찢고 꽃피운 아픔을 아시나요
활짝 핀 소녀는 울었답니다

# 우리 집

하늘같은 우리 아버지
땅 같은 우리 어머니
초원 같은 우리 자식들
자연에서 온 하늘에서 온
보석 같은 식구들
어찌 사랑하지 않으리
어찌 행복하지 않으리
다복한 우리 가정
즐거운 우리 집

# 기도 뇌

조물주께서는 우리 인간에게 주신 가장 큰 은혜는
어제는 역사로 기록하게 하시고 오늘은 행복하게
살게 하시고 내일은 베일로 가려 자신이 미로를 개
척하게 하시고 인생의 길 돌파해가며 선과 악을 경
험하게 하시고 인생의 길을 훈련시켜 됨됨을 측정
하게 하시고 그에게 합당한 행복을 상으로 주신다.
지극히 합당하고 지극히 상식적인 기준으로 우리에
게 삶을 연장케 하시는 주시로다.

# 낙향

돌아가세 멀고 멀어도 내 떠나온 곳
고향에 밭을 갈며 봄 씨앗을 묻고
물을 길으며 달빛도 함께 떠오세
밭고랑 걸으며 가을까지 생각하며
싹 틔우고 결실 걷으면
흔히 말 많았던 그 행복
여기에 두고 세상을 헤맸던가
지나는 벗도 잠시 쉬어가게
정자 하나 세워
늦은 석양은 건한 안주로 불러오네
달님 내 곁에 시중들고
별님 친구 쏟아내는 축하연주
얼마나 흥겨운가
아~ 늦은 밤 친구는 길 떠나가네

# 대화

봄은 요란하지
하얗게 피고 가슴 저리게 하지
온통 세상이 홍, 백 할 것 없이
우리는 조용히 있어보세
벌써 늙은 봄이라네
가슴이 출렁이는 봄이 왔지만
퉁퉁거리고 두근두근 할 때도 있었지
봄은 살며시 왔다 금방 가
돌담에 등 기대고 시야를 멀리 둬봐
아카시아향이 그윽하지
그냥 놔두어 꽃 지면
꽃잎이 길 위에 하얗게 돼
그때 당신과 같이 걸었으면 했어

# 고뇌를 버리게

나는 때때로 연습하는 것이 있다네
나는 떠날 수 있어야 하고
돌아오지 않을 길을 떠나는
뿌옇게  내리 앉은 길을 헤매듯이 가는 길
내가 가고 나면 슬퍼하는 이들
금세 내 자리는 없어지고
누군가 그 자리를 꿰차고 희희락락 할 것일세
떠난 자리 텅빈 것 같지만
내 정열을 불태웠던 곳도 티끌이 흩날리고
가슴에 남는 들 떠나면 무슨 의미 있나
손에 잡고 연연하겠는가
지는 해 바라보다가 어둡거든 잠들게나
고요히 고요히

# 시

나는 인생길을 배워보지도 못했고
요령도 들어보지 못했다.
오직 사는 것이고 앞으로 나가는 것일 뿐
젊어 고생과 느껴보지 못한 희열도 있다
황망한 길 안개가 쌓인 길
오직 눈 감고 걷는 길
인생길을 나에게 묻는다면 한마디뿐
헛것이다 한줌의 흙이다

# 막다른 길

산에 오르니 숨 가쁘고
세월을 경험하니 인생길 험난하고
지난 세월 마음 졸여 가슴에 파란 멍이 선명하니
지은 죄가 구름처럼 쌓였구나
되돌아서 세상 보니
구들장 딛는 발자국 같은데 여긴 어딘고
이보게 잠시 멈춰보게
여기는 저승길이네
되돌아가세 되돌아가 내가 올 곳인걸!

# 시간의 시

빠르게 지나가길 바랐던 시간들
느리게 머물길 원했던 시간들
천천히 오길 바랐던 세월들
차곡차곡 쌓여만 가는 나이들
돌아보면 모두 똑같이 겪는 추억들
결국 공평한 세월들이었네
누군가가 뚝하고 사라지는 자리에
내 인생 샅샅이 적어 늘어 놓으라
시 구절처럼

# 딸

고요히 잠든 것 같지 않은데
입가의 미소가 생긋하다가
앙하고 울음 터트리지 않고 또 잔뜩 찌푸린다
천사같이 잠든 내 딸
손목을 포대기 밖으로 내민다
나와 소꿉장난 하잔다
쌩긋 빵긋 웃다 발차기도 한다
이렇게 예쁠 수가 꼭 깨물고 싶다
또 조용히 잔다
마치 천사가
하얀 뭉게구름 속으로 숨듯이
우리 아기는 새근거리며 깊이깊이
조용히 조용히 잔다.

# 근심

인생은 세상에 한번 왔다 반드시 가는 것을
세월은 흘러도 변하지 않은 것은 강산뿐인가 하네
온갖 시름과 근심이 가득한 세상일지라도
마냥 넋을 잃고만 있는 가
술상 한잔 낼 수 없이 궁색하더라도
넉넉한 벗이라도 있으니
술은 궁색할 때 시름 달래고 여유부릴 수 있다네
수많은 일들을 하나하나 지울 수 있다네
그대 나의 벗

## 호수 湖水

호수의 물을 움켜쥐니
손안에서 무지개처럼 출렁인다
깊은 밤 달님은 대문 앞 이르러
바람 불어 노래하고
문지방 울려 가락 띄우는데
달님은 산에 걸쳐
넘기를 아쉬워하고
뜬눈 부엉이 님 찾아 슬피우네
달은 청명한데 한 조각 구름은
호수를 건너가고 그 님은⋯.
오셨으면 좋으련만⋯.

# 우리 집

즐거운 우리 집
웃음 가득한 우리 집
한뜻에 같은 맘 우리 집
미움이 없는 우리 집
돕고 주기만 하는 우리 집
한마음 함께 뭉친 우리 집
사랑이 가득한 우리 집
따듯한 마음 우리 집
언제나 행복한 우리 집
같이 울고 싶을 때 함께 우는 우리 집

# 초라한 집

저렇게 찌들어지게 가난한가
곧 쓰러질 듯 버팀이 기둥 하나
받쳐야 하는데도 사람이 드나들면서
바람이 휩쓸어 지날 때도
햇님도 달님도 잠시 비춰주고 간다
초승달 슬피 울고 조각되고
반달은 눈시울 붉히며 간다
밤하늘의 별들이 깜빡이며
근심어려 애태운 듯 반짝인다
작은 마음 큰 손은 없을까?
소나무는 의지하는 기둥처럼 서있다
가난을 원망하지 않는다
주님의 손을 잡고 있기 때문일 것이다

# 친구야

친구여 노래 한 곡 들으시게나
나무가 피우는 꽃은 모두가 젊다네
고목이 피운 꽃도 벌과 나비는 날아든다네
아침에 태어나 저녁에 사라지는 그늘처럼
우리는 날마다 또 날마다
인생의 부활로 살지 않은가?
떠오르는 태양이 있기에
황홀한 둥근 달도 있으니까
희망가를 부르세나 아주 고상하게
아주 조용하게 아주 천천히
그곳에 갈 때까지

# 고향길

우리 아버지 쟁기 지고 논갈이 하시러
누런 황소 몰고 가시던 논두렁길
쇠꼴 뜯기며 들녘의 도랑수로
우리 아버지 탁배기 마시러 가시던 길은
아직도 그대로 있네
들녘 그길 수로는 그대로 흐른다.
바람 불어 벼 이삭 출렁일 때
소등과 아버지 모습 보일락 말락
그 황금벌은 그대로인데
우리 아버지는 안 계신다
저녁노을 짙게 앉은 마을 앞 오실 때
소등 뒤에 숨의 실태는
막걸리 많이 드신날이었다

# 구천 가는길

인생의 미래가 종착역일까
미지의 세계가 종착역일까
인생사 더디게 가면 더디게 도착하고
세월 빨리 돌리면 종착역은 가까이 오고
쉬엄쉬엄 가면 한가히 도착할걸세
온 세상 여행 끝날 때 초승달부터 둥근달에
등 밝히듯 잔잔히 가세
폭풍 우레 벼락 칠 때 잠시 숨었다
밝은 햇살 솟을 때 조용히 조용히 가세

# 기러기

어디서 오시는가 어디로 가시는가
가을밤을 쫓아오는 기러기는
바쁘게 노를 젓는다
산마루에 남은 노을
지는 해가 타오르듯 모닥불 지폈는지
석양이 황금빛이네!
자주 빛 국화 향기 가을하늘에 뿌리고
조금 남은 솜털구름
기러기가 가위질하며
동쪽하늘에 세월 묻는구나
초막집 창엔 일찍이도 초롱불 끄누나
사립문밖 무지개빛 조롱하듯
깊은 밤을 청해놓고 잠 못 이룬다네
늦은 밤 세월을 근심하네

참 좋은 당신

별세 비치之夢

# 羅 承 鎬

### 雅號：竹山

· 成均館大學教 儒學大學院 儒教經典學 履修
· 大韓民國美術大展 書藝部門 特選 等
· 大韓民國美術協會(서울特別市支會) 書藝部門 特選 等

☎ 010-3750-8500

**발행일** 2024년 7월 22일
**지은이** 나 승 호
HP. 010-3750-8500

**발행처** (주)이화문화출판사
서울특별시 종로구 인사동길 12 대일빌딩 310호
02-738-9880(대표전화)
www.makebook.net

**ISBN** 979-11-5547-586-7 03800
**정　가** 18,000원


우리은행 1002-292-149903 (나승호)

본 시집에는 국립중앙박물관 소장작품의
사진이 사용되었습니다.